方舱记忆

万众一心抗疫情

刘中民 王韬 · 主编

上海科学技术文献出版社
Shanghai Scientific and Technological Literature Press

图书在版编目（CIP）数据

方舱记忆：万众一心抗疫情 / 刘中民，王韬主编．—上海：上海科学技术文献出版社，2020
ISBN 978-7-5439-8085-3

Ⅰ．①方… Ⅱ．①刘… ②王… Ⅲ．①纪实文学—作品集—中国—当代 Ⅳ．① I25

中国版本图书馆 CIP 数据核字 (2020) 第 058990 号

策划编辑：张　树
责任编辑：应丽春　苏密娅
封面设计：留白文化

方舱记忆：万众一心抗疫情
FANGCANG JIYI: WANZHONGYIXIN KANG YIQING
刘中民　王　韬　主编
出版发行：上海科学技术文献出版社
地　　址：上海市长乐路 746 号
邮政编码：200040
经　　销：全国新华书店
印　　刷：上海新开宝商务印刷有限公司
开　　本：720×1000　1/16
印　　张：11.75
字　　数：152 000
版　　次：2020 年 5 月第 1 版　2020 年 5 月第 1 次印刷
书　　号：ISBN 978-7-5439-8085-3
定　　价：68.00 元
http://www.sstlp.com

主　编
editor biographies
简　介

刘中民　同济大学附属东方医院院长，主任医师，教授，博士研究生导师，国务院政府特殊津贴专家；国家科学技术进步奖获得者，何梁何利基金科学与技术进步奖获得者；中华医学会灾难医学分会创始主任委员，中华预防医学会灾难预防医学分会主任委员，中国国际应急医疗队（上海）总队长。

王韬　同济大学附属东方医院灾难医学研究所常务副所长，应急管理办公室主任，主任医师，教授，博士研究生导师；国家科技进步奖二等奖、上海市科技进步奖一等奖获得者；中国科普作家协会应急安全与减灾科普专业委员会常务副主委，社会力量参与中灾协应急救援综合服务领导小组副组长，赴武汉国家紧急医学救援队（上海）副领队。

编委会

同济大学附属东方医院
驰援武汉国家紧急医学救援队成员名单

领　队　／　雷　撼
副领队　／　王　韬
联络员　／　孙贵新
党支部书记　／　徐红福

医　生　／　赵黎明　任慧娟　陆华君　张锋镝
华　晶　冯　强　李　辰　李　昕
医　技　／　吴文娟　陈荣墇　于思远　黄国鑫
张明鸣　戴炎杉
护　理　／　高彩萍　尤俪雯　顾钦赟　袁刘远
毛懿良　晏晓坤　查　韵　尹媛媛
秦佳文　李　慧　朱嘉鹛　周　敏
刘鹏艳　谢文婷　仇晶军
行　政　／　姜　波　何丽华　周程辉　屠一鸣
刘　博
后　勤　／　姚碧成　傅志强　汤伟清　陶　华
陶军华　吴哲锋　王春军　陈　雄
蔡斌杰　洪昶德　罗永彬　靳海洋
王家麟　叶晓佟　杜　勇

序言：这是属于你、我、他共同的战“疫”

2020 年这个不同寻常的春天，注定将被载入史册，中国武汉，也因抗击新型冠状病毒肺炎的主战场成为 2020 年开启之时全世界关注的焦点。一场没有硝烟的战役打响了，“你”，武汉同胞，渴求健康；“我”，白衣战士，请战逆行；“她 / 他”，志愿先锋，集结坚守……我们因这场特殊的战“疫”结缘武汉。

武汉，简称“汉”，别称“江城”，是湖北省省会。地处华夏之“中”，坐拥“天元”之位，承东启西，接南转北，被称为“九省通衢”之地，中西部的“医都”，是中国中部地区最大都市及唯一的副省级城市、特大城市，也是全国重要的工业基地、医疗科教基地和水、陆、空综合交通枢纽。

武汉，素有吞吐山河的大气磅礴，而生活在这片土地上的武汉人，天生豪爽。几千年来，武汉历经曲折，积极进取、敢打敢拼的武汉精神支撑着武汉和武汉人挺过了一次又一次的艰难时刻，这座充满英雄气概的城市，带着 1000 多万新老武汉人一直在前行的路上，从未退缩。可谁也没想到，1400 万武汉人的鼠年新春会以被卷入“新型冠状病毒肺炎”的方式开启。

2020 年 1 月 23 日凌晨，武汉宣布“封城”。像被按下了暂停键，喧闹的城市逐渐平静，但你们的健康平安牵动着全国人民的心。

“若有战，召必回；克时艰，战必胜”。一份份请战书、一句句“逆行”前寄语，刷爆了朋友圈，也捂暖了一颗颗惶恐的心。我们，来自全国各地一支支驰援队伍，在本该是阖家团聚的除夕夜，背上简单的行囊，挥别担忧不舍的亲人，启航最美逆行，奔向疫情最前线——江城武汉。在没有硝烟的战场，在抗疫战争的前线，我们希望能为武汉、为全国筑起一道坚固的健康防线，能扛起你们的希望。

2020 年 1 月 26 日，上海首批驰援武汉医疗队入驻武汉金银潭医院北楼 2 层和 3 层，此时原病区医护人员在疫情爆发后已经连续高负荷工作超过 30 天；2 月 4 日上午 9 时，火神山医院收治首批 50 位新型冠状病毒肺炎患者；2 月 5 日晚 11 时 40 分，武昌方舱医院、江汉方舱医院接收首批新冠肺炎轻症患者；2 月 7 日晚，武汉客厅方舱医院开始集中收治新冠肺炎轻症患者；2 月 8 日晚 8 时许，武汉雷神山医院收治了首批新冠肺炎确诊患者……

与死神抢夺患者生命的医者、与时间赛跑建设“火神山、雷神山”的工人、第一时间传递正能量的前线记者、日夜奋战的各行各业的坚守者……我们每个人都在用自己的汗水、勇气和决心告诉你们：别怕，我们永远跟你在一起！黑暗让我们多咬牙切齿，光明就能让我们多热泪盈眶。加油，武汉一定能过关！中国一定赢！

我们，同济大学附属东方医院的整建制国家紧急医学救援队，1 月 25 日即向上级发出请战书；2 月 4 日受国家卫健委指令，派出 8 辆紧急医学救援车和 53 名队员驰援武汉客厅方舱医院；从 2 月 5 日展开 25 顶帐篷的移动医院，到 2 月 7 日接收第一名患者，再到 3 月 8 日胜利休舱……

是的，这是一场属于你、我、他共同的战“疫”！武汉加油！武汉必胜！是来自我们内心最强大的呐喊声！我们因病毒肆虐而并肩作战，汗水和泪水的背后，是期待春暖花开的梦想。一张张照片、一份份手稿，记录了在武汉客厅方舱医院的患者、各省市医护人员、志愿者共同战“疫”的故事，而所有的故事都将谱写成我们心中爱的主旋律。

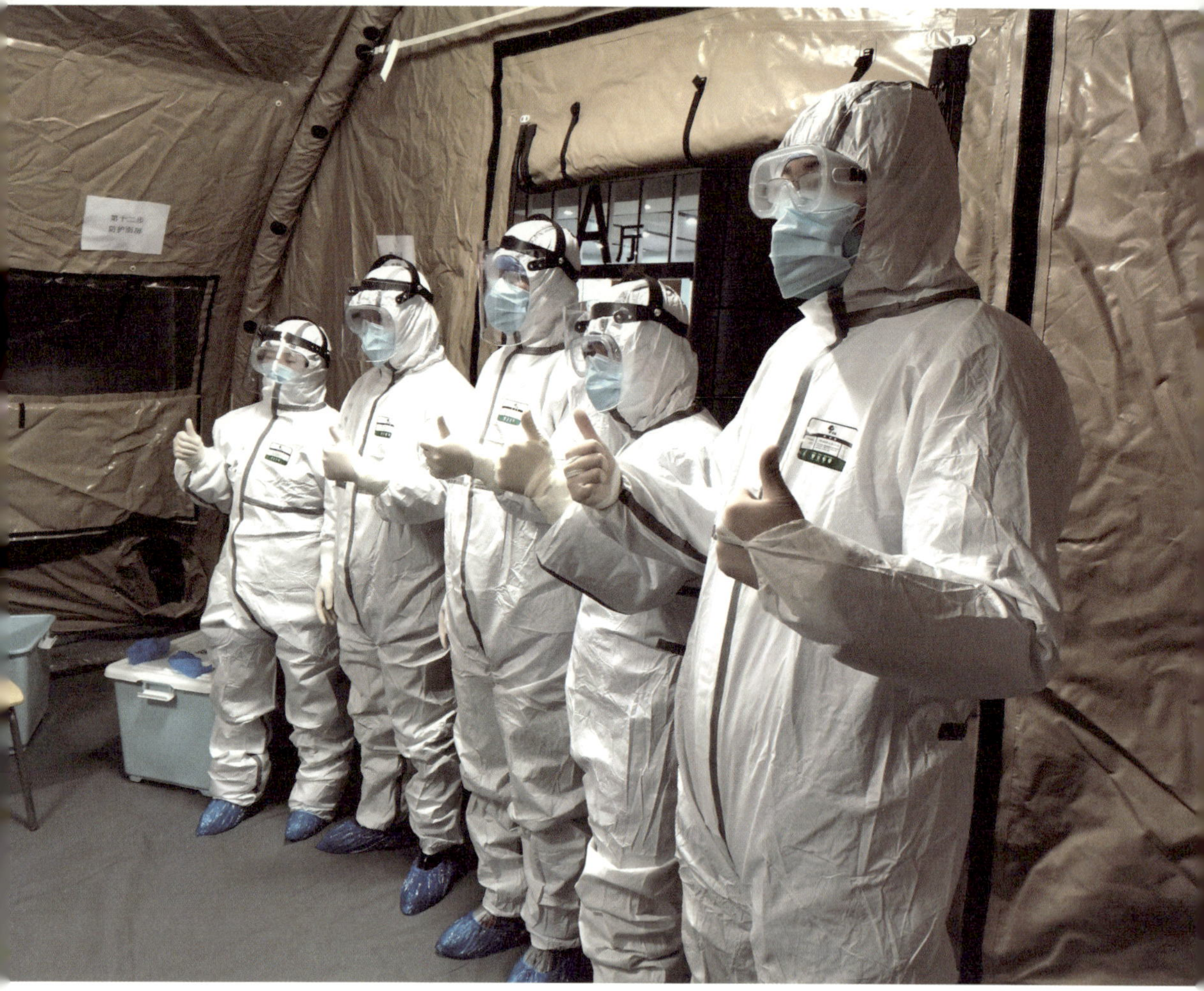
A厅

目
contents
录

目
contents
录

目
contents
录

目
contents
录

第一章：
“新冠”无情，方舱有爱（患者篇）

你——主攻手

病毒来袭，
你不幸被击倒，
紧张、焦虑、恐惧……
身处痛苦中的你渐渐明白，
有些事情，只能靠时间解决；
有些风雨，只有靠自己扛住。
既然不能假装什么都没发生，
那么就勇敢承担，然后坚强挺住。

写给白衣天使的一封信
——疫情无情，人间有爱

2020年，特别的春节；2020年，特别的武汉。原来繁华热闹的街道洁净、安宁，没有了喧闹，没有了出行，一切都像电视机按了暂停键一般，突然停止了。虽然我们这个城市失去了往日的活泼，但人间的温暖比昔日更加浓烈，那股暖人心脾的爱，让人触手可及……

我一直觉得我的身体是很棒的，平时连小小的感冒都很少有，却没想到这可恶的病毒找上了我，我惊慌失措，无所适从。当社区通知我到方舱医院来隔离时，我犹豫彷徨，加上手机上铺天盖地的各种真真假假的新闻，更让人害怕、担心，心里想着，我会不会被病毒夺去生命呢？

当我带着这种恐惧来到武汉客厅方舱医院时，看到了从各地来驰援我们武汉的白衣天使们忙碌的身影，看到病员们脸上自信温暖的笑容，我的心情终于平静下来了。

在方舱医院的几天里，让我深深感受到了亲人般的关心和爱，医生们常说："来到这里，就是个大家庭，你们就是我的亲人，请大家一定要放心、宽心。"你们不辞辛苦每天对病人嘘寒问暖，一日三餐将饭菜送到病人手中。我们躺着休息时，你们却梳理着每个病人的病情；夜深人静，我们进入梦乡时，你们却静静地守护在病房前，眼睛一眨不眨地盯着每个病人的变化。

为了鼓励病友们，丰富病友们枯燥无味的生活，每次吃完饭，医护人员就带着病友们做操、唱歌、跳舞，让我们感受到了家庭的温暖，忘记了自己是病人，忘掉了自己身上的病痛。

我深深地被白衣天使的爱所感动，情不自禁提起笔给你们写这封信。感谢我们的党，感谢英雄的人民，感谢亲爱的白衣天使们，你们舍小家、顾大家，把自己的生死置之度外，来到我们身边，是你们让我们这些病友们对自己充满了信心，相信我们一定能战胜病魔走向明媚的春天。

中国加油！武汉加油！向天使们致敬！

武汉客厅方舱医院

891 床病友

写于 2020 年 2 月 17 日

心如花木，向阳而生

冰河刚刚解冻，严寒尚未褪去，春的使者还未来得及把一封封充满希望的信撒向人间，新型冠状病毒趁着人们喜迎春节的档儿潜入江城，让欢乐的时光顿时充满紧张、恐惧和担心的气氛。这气氛只是暂时的，因为身处武汉这座英雄城市的我们在方舱医院里舞动着坚定信念做的帆，摇动着乐观开朗制成的桨，让生命之舟远航。我们还要用坚强意志做支点，生命之花永远朝着太阳的方向，昂着头，永不气馁，一路向阳而生。

古稀之年爱更浓

在我们B3区域，靠墙边上的床位有一位老婆婆，七十岁左右，身材微胖，一头银发一律向上卷曲，很有层次，可能是一条腿有点儿不便，走路时身子微倾，银发像一朵朵芦苇花上下飘动，话不多的她一个人安静地在角落处看手机。每间隔一个小时，我们总能准时看到一位身材敦实、有些微驼的爹爹来到婆婆的病床前，给她端水、削水果，婆婆在旁一脸深情地注视着这一切。“我扶你起来。”爹爹煞有介事地拉着婆婆的手，在一旁的我连忙过去帮忙，“不用，不用。”婆婆眯着双眼制止我，我退回到自己的床前，只见婆婆双手搭在爹爹的肩上，像个小女生一样撒娇地把脸深深地埋进爹爹厚实的胸膛。爹爹也一脸不好意思地对我说，“没办法，她就爱这样，趁大疫期间，我们也要好好享受爱的空间。”

这次，他们老夫妻都感染了新型冠状病毒肺炎，可在他们身上，我们一点也看不到病痛折磨的痕迹，裸露在外的双目充满温存的疼爱之情，在角落里呢喃细语。我内心深处，忽然升腾起一种未有过的感动，不管肆虐的病毒多么可怕，身旁相濡以沫几十年的爱人，他们寻寻觅觅，温暖过、困惑过，在古稀之年，内心仍然种满爱之花，一直对生命之光热爱与忠贞，在方舱内用爱破译病毒的密码。

彻悟点燃了另一种境界的喜悦

隔壁的曾姐是和我一起进入同一病区的。初到时，她吃不下饭，睡不着觉，不停地打电话。从她和别人的通话中，知道她的老公现在高烧不退，几天未吃饭，目前状况很严重，又无处（隔离点、医院）可去，她不停联系社区，最终在社区的帮助下，她的老公住进了医院。稍微平静下来后，她泪眼婆娑地向我讲述了家里的情况。

原来她的婆婆在这场大疫中感染病毒已去世，他们还来不及悲伤，夫妻俩也被感染，在痛苦中要继续与病魔战斗。安顿好老公的她感慨道：“我和老公也都快退休了，女儿也有了自己的幸福小家，等这次痊愈回家后，我答应老公给他换一辆车，不再像以前那样苛刻地对待家人和自己了。我是一个普通的人，就如一棵小草，也有韧性和向阳的追求，静待春天到来破土而出，我要在努力奋斗中享受阳光生活的喜悦。”望着她憨甜的双眸，我也笑了。

经历这次大疫，我们不再被“我会死”“我的生命正在逐渐走向尽头”这些想法禁锢，我们彻悟了、释怀了，不再恐惧病毒，反而能安之若素，不贪生也不惧死，因为我们看到生的希望没有被“病毒”和“死亡”消灭，而是在经历了“怕死”这个环节之后进入生命的另一种状态——在努力奋斗中享受生命的喜悦。正如歌德面对死亡时有一种更自由的存在状态和更无处不存的存在感。我想起像曾姐一样成千上万受病毒感染的同胞们面对疾病时令人崇敬的豪迈和大气。死亡威胁不到她，因为她在悲伤中、在面对大疫时，有另一种超越境界的喜悦。

凤凰涅槃有自己的支点

“原来我是一只酒醉的蝴蝶，来得轻描淡写……”一群特殊的舞者，随着轻快的旋律翩翩起舞。他们全都戴着口罩，有的穿着厚厚的家居服，有的趿着拖鞋，还有的裹着棉袍……各个双眸中流露出对生命的热切渴求，可以说这是热爱生命的盛宴。

每当音乐响起，无论在做什么，不管是什么状态，我绝对以最快的速度奔向“舞池”。因为舞出生命的华丽乐章是人生的主旋律。对舞蹈有点悟性的我，虽然没有学过舞，在大姐的带领下，也能迅速成长为一名优秀的领舞者。从来未跳过舞的奶奶爷爷还有90后、00后的年轻人，他们学舞是最认真的，我们彼此之间手牵着手，一个动作一个动作地教。“一二三四,二二三四”，喘着粗气的“师徒”执着地重复简单的舞步，此时的我们已经忘记了自己是一个病毒感染者，只沉浸在一片热爱生命的欢愉氛围中。

回想起自己在患病最痛苦的时候，持续发烧几天，喉咙干燥苦涩，心情也随之焦枯成灰，人好似成了金字塔里风干的长老，似乎周围的空气都凝固了，有一双阴冷的鹰爪丝丝入扣地扼住我的咽喉，手指发麻，眼冒金星，昏昏欲睡，胸闷缺氧。稍微好转时，从手机中看到不断增长的确诊患者数字，不啻惊雷，面临疼痛，我多么软弱苦楚。

而此时身处方舱医院中的我，与病毒对峙着，它虽陷我于深深苦难，但我的心灵深处有一抹阳光，只要这一抹阳光不散，我内心的每一个角落都会灿烂起来。

感谢这一过程，让我清晰地认识到，我即是一只浴火重生的凤凰，经历涅槃，它噗噗跳动着，击打着我的心脏，推动着我的四肢百骸。我明白了：在遭遇苦难时，意志是生命的支点，坚信自己有帆起桨落战胜风暴的努力和能力，一定会迎来重生的明天！

方舱之中，有古稀伴侣依偎在一起用爱破译病毒的密码；有彻悟后对家人、生活的超越境界的喜悦，有凤凰涅槃时坚定的意志；更有来自全国各地对生命有敬畏之心的医护人员，充满爱的方舱有一颗颗向阳之心。我们相信：爱能融化坚冰，万物吐蕊指日可待；乐观坚强能摧枯病魔，春的阳光定会洒满每一个病友的心房。到我们出舱时，江城一定会是春满大地，气势磅礴的色彩一定会迎接我们，心如花木的我们要带着春天色彩、向上冲的力量走进多彩的江城。因为每一个生命都心如花木，向阳而生。

武汉客厅方舱医院

B897 床病友

写于 2020 年 2 月 18 日

武汉很美好！中国很美好！

我今年 52 岁了，是 2 月 12 日来到武汉客厅方舱医院的，我先和大家说说我是怎么进来的吧。

2020 年 1 月 19 日下午，经过多天相约，我和十几个同学在某酒店相聚了。我们都是从小的同学，那天一起吃饭喝酒，又打了一会牌。离开的时候，我和一个顺路的同学共打了一辆车，当时司机师傅让我们在华南海鲜市场对面地方下车换乘其他出租车，我们在那等了有 6~7 分钟后换车回家。第二天中午，我就感觉身体发热了，爱人下班说需要我去接她一下，我咬牙去了离华南海鲜市场不到 200 米、爱人上班的地方。隔天上午我去医院做检查，谁知医院人太多，看病要等很久，而且医院里所有人的状态都特别紧张。当时我想，完了，我可能感染了，心里非常担心，我决定赶紧回家到附近将军卫生院去打针。

下午在卫生院做检查、打针时我没什么感觉。可连续打了三天针，感觉病却越来越重，呼吸很困难了，连走路都困难。回到家想联系其他地方的医院住院，可是都没有床位，没有办法，社区当时也没有办法，让我在家隔离吃药。当时在网上看到一篇文章，有个医生介绍患病（相同症状）吃什么药好。我像抓到救命稻草一样，马上联系亲戚朋友，请他们想办法帮我买阿比朵尔、莫西沙星两种药，说吃四五天就会好，他们下午就想办法买到药送到我家里来了。

第一时间吃了药，我顿时感觉有信心了，精神也好多了，但是还没有胃口吃饭，快一个星期，天天喝水，什么都吃不下，最多吃一片巧克力，那几天为了补充能量吃了二十多片巧克力。连续吃了五天药，第五天上午药起效了，出了一身大汗，人感觉轻松多了，好似好了一大半。第六天我停药了，又让爱人做饭给我吃，慢慢增加饭菜量。这时社区打来电话，让我准备去隔离，我没有说别的就去了。

政府对我们好啊！安排吃住都很好，在此真心感谢！我在2月12日转来武汉客厅方舱医院，进来第一天其实我也很担心，环境和人员都不熟，好在这里一大群医护人员给人感觉太好了，一下就放松了。我进了她们安排的微信群，群里好多志愿者老师，特别热情帮助我，是最无私的那种，我心里有事她们帮着开解，我家里有事她们也帮着解决，后顾之忧没了，病好得快了，人精神也好多了。

我特别感谢这群未见面的老师。现在每天生活在这个特殊的大家庭里我很开心，医护人员来查房我也非常乐意配合，每天跟着医护人员跳舞做操，积极参加他们安排的志愿者活动，做些自己力所能及的事，当作我对他们的小小回报。我准备病愈后去献血，能救人是我最大的心愿。因为自己病时太难受了，所以我希望自己能帮帮其他人，留住更多人。

因为，武汉很美好，中国很美好！

武汉客厅方舱医院

808 床病友

张先生

写于 2020 年 2 月 17 日

（原文口语化，出版时已加以整理）

我为自己是中国人而庆幸

一开始社区通知我来方舱医院的时候，我其实是很不情愿的，因为我已经不发烧6天了，觉得在家里休息也能治愈，方舱医院里那么多人，条件肯定没家里好。可是不去不行，我是一名共产党员，在这个时候不能再给武汉添乱了。我不走就是将我身边的亲人和邻居陷入危险之地，我不能这么自私。

到了方舱医院之后，果然不出所料，厕所和洗漱都在室外，很不方便，热水供应也很紧张，大灯不分昼夜地开着，吵吵嚷嚷一刻也没有安静的时候。但人真的是适应能力很强的动物，我很快适应了这里的环境，方舱医院的医护人员每天都会给我们量体温、测血氧，会根据每个人不同的情况开药，病情加重的患者会第一时间转到医院治疗，完全不用担心健康问题。方舱医院虽然不关灯，但有需要的病友可以领取眼罩，吵闹声仿佛也成了催眠曲。我睡得特别安心，不像在家里，有时候晚上睡觉会很害怕，怕战胜不了疾病就这么睡死过去。方舱医院里吃得也很营养，一日三餐会发到每个人手上，荤素搭配，还有牛奶和水果，比家里都丰富。

方舱里最出名的就是各种广场舞了。医护人员会组织大家跳各种操，大家都会积极参与，一点儿不把自己当病人，强身又健体。方舱医院里还成立了病友临时党支部和病友志愿者团队，在方舱医院中传递正能量，为医护人员分忧。偶尔有些病友对医护志愿者态度不友好，马上会被其他病友群起而攻之。病友们都特别感激来这里的医护人员，在这里听到最多的就是“谢谢，你们辛苦了”。

来这里这么多天，我的想法彻底改变，打心底里觉得建立方舱医院收治轻症病人真是明智之举，也从心底里感谢党和国家以及各级政府为这次疫情的所有付出。我发自内心地为自己是一名中国人而感到庆幸。

最后，当然是要感谢所有全国各地援汉的志愿者们，你们是冒着生命危险前来的逆行者，我们武汉人民会记得你们。如果有一天你们需要帮助的时候，我们也一定会义无反顾地前来。

武汉客厅方舱医院
B888 床病友
王琳
写于 2020 年 2 月 17 日

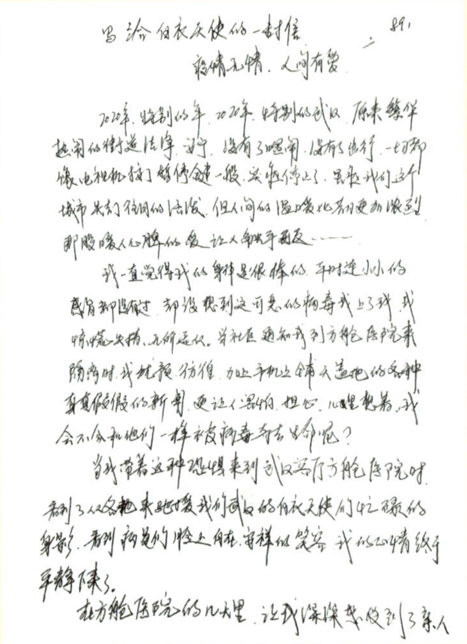

写给白衣天使的一封信 891

疫情无情，人间有爱

2020年，特别的年。2020年，特别的武汉。原来繁华热闹的街道清净了，没有了喧闹，没有了出行，一切都像电视机按了暂停键一般，突然停止了。虽然我们这个城市失去了往日的活跃，但人间的温暖也都更加浓烈，那股暖人心脾的爱让人触手可及……

我一直觉得我的身体是很棒的，平时连小小的感冒都没遇过，却没想到这可恶的病毒找上了我。我惊慌失措、无所适从。当社区通知我到方舱医院来隔离时，我犹豫、彷徨，加上手机上铺天盖地的各种真真假假的新闻，更让人害怕、担心。心里想着，我会不会和他们一样被病毒夺去生命呢？

当我带着这种恐惧来到武汉客厅方舱医院时，看到了从各地来支援我们武汉的白衣天使们忙碌的身影，看到病友们脸上自在、安祥的笑容，我的心情终于平静下来了。

在方舱医院的几天里，让我深深地感受到了亲人

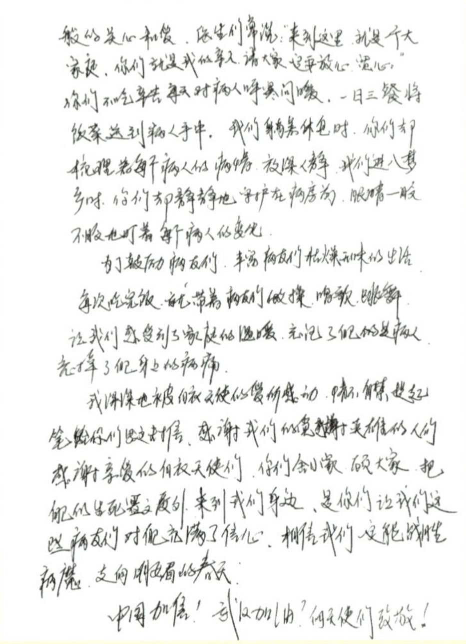

般的关心和爱。医生们常说：“来到这里，就是个大家庭，你们就是我的亲人，请大家一定要放心、宽心。”你们不辞辛苦每天对病人嘘寒问暖，一日三餐将饭菜送到病人手中。我们躺着休息时，你们都检查着每个病人的病情。夜深人静，我们进入梦乡时，你们都静静地守护在病房前，眼睛一眨不眨地盯着每个病人的变化。

为了鼓励病友们，丰富病友们枯燥乏味的生活，每次吃完饭，就带着病友们做操、唱歌、跳舞，让我们感受到了家庭的温暖，忘记了自己是病人，忘掉了自身上的病痛。

我深深地被白衣天使的爱所感动，情不自禁提起笔给你们写这封信，感谢我们的英雄，感谢美丽的人们，感谢亲爱的白衣天使们，你们舍小家、顾大家，把自己的生死置之度外，来到我们身边，是你们让我们这些病友们对自己充满了信心，相信我们一定能战胜病魔，走向明媚的春天。

中国加油！武汉加油！向天使们致敬！

武汉客厅方舱医院 891 床病友：

写给白衣天使的一封信——疫情无情，人间有爱

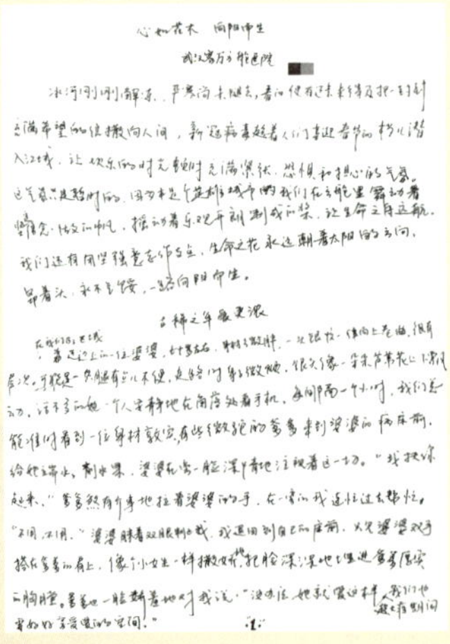

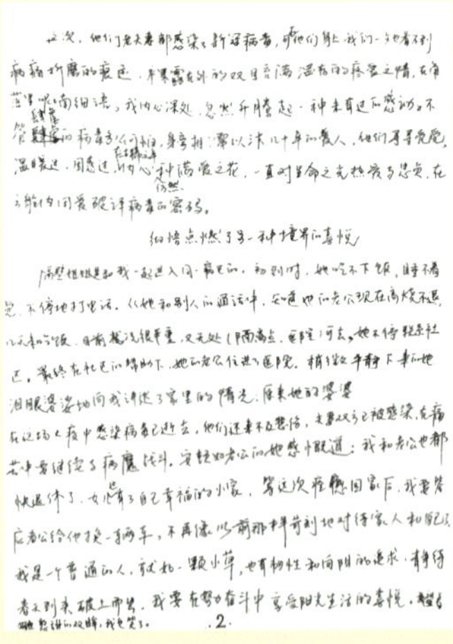

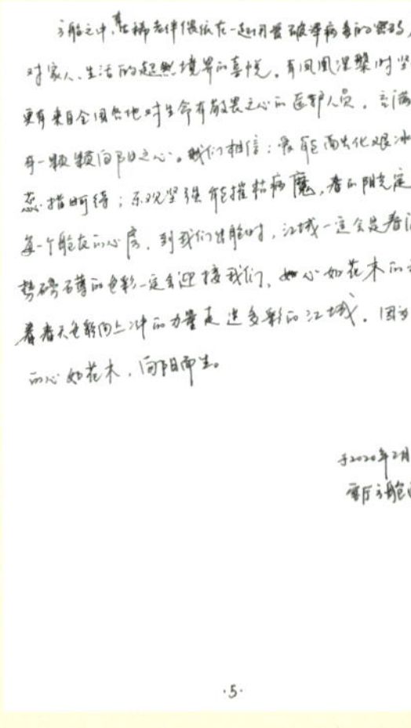

武汉客厅方舱医院 B897 床病友：

心如花木，向阳而生

1 直击现场 患者的信

一开始社区通知我来方舱的时候，我其实是很不情愿的，因为我已经隔离6天了，觉得在家里休息也能治愈。方舱那么多人，肯定没家里好，可是不去不行，我是一名共产党员，在这个时候不能再给武汉添乱了。我不走就是把我身边的亲人和邻居陷入危险之地，我不能这么自私。

到了方舱之后，果然不出所料，厕所和洗漱都在室外很不方便，热水供应也很紧张，大灯不分昼夜地开着，吵吵嚷嚷一刻也没有安静的时候。

但人真的是适应能力很强的动物，我很快适应了这里，方舱的医护人员每天都会给我们量体温测血氧，会根据每个人不同的情况开药，重要的是有条件到医院治疗，真正不用担心健康问题。方舱虽然不关灯，但有细心的病友可以领取眼罩，吵闹声仿佛也成了催眠曲，我睡得特别安心，不像在家里，有时候晚上睡觉会很害怕，怕扛不了疾病就这样睡过去。方舱里吃得也很营养，一日三餐会分到每个人手上，荤素搭配，还有牛奶和水果，比家里都丰富。方舱里最出名的就是各种广场舞了，医护人员会组织大家跳各种舞蹈，大家都会积极参与，一点儿不觉得自己是病人，强身又健体。方舱里还成立了病友临时党支部和病友志愿者团，在方舱中传递正能量，为医护人员分忧。偶尔有些病友对医护志愿者态度不友好，马上会被其他病友群起而攻之。病友们都特别感激来这里的医护人员、警察和保洁人员，在这里听到最多的就是谢谢，你们辛苦了。

来这里这么多天，我的想法彻底改变，打心底觉得建立方舱收治轻症病人真是明智之举，也从心底感谢国家政府和各级组织、为这次疫情的所有付出，我发自内心地为自己是一名中国人而感到庆幸。

最后，我就是要感谢所有全国各地援汉的志愿者们，你们是冒着生命危险前来的逆行者，我们武汉人民会记得你们，如果有一天你们有需要帮助的时候，我们也一定会义无反顾的前来。

武汉客厅方舱 B888床病友王琳

王琳

武汉客厅方舱医院 B888 床病友王琳：
我为自己是中国人而庆幸

808床　　我来方舱见闻

我先简单介绍一下自己，我姓张，今年52岁男性。再说说我发病的过程。

元月19号，经过多天相约，十几个同学下午在某酒店相聚了，都是从小的同学，一起吃饭喝酒，后来出来还打了一会牌，离开的时候，和一个顺路同学共叫一台车，我记得要叫司机师傅让在华南海鲜对面地方下车，换乘其它出租车，在那等了有6-7分钟，换车我就回家了。第二天中午就感觉身体发热了，爱人下班说有些东西需要我去搬一下，咬牙去了，老婆上班地方离华南海鲜不到两百米。第三天上午就去医院做检查，没知医院人太多，而且所有人都特别紧张，但时间等不起，查时我想完了，我可能中招了，非常担心。我决定回家在附近街道卫生院去打针，下午做检查打针什么感觉都没有，连续三天都打针，病情越来越重，已经呼吸困难了，连走路都困难。回到家想去其他地方的医院住院，可是都没有办法，社区要叫也没有办法，让我在家隔离吃药，说实话当时走头无路，身体又不行了。

在网上看到一篇文章，有个医生生病（同样的）是吃什么药好的，我抓到救命的稻草，马上联系亲戚朋友想办法帮我买阿比朵尔、莫西沙星两种药，说吃四五天就会好。家人朋友下午都想办法去买到送到家里来了，第一时间吃了药，感觉我有信心了，精神也好了。但是还没有吃饭快一个星期，天天喝水什么都不吃，最多吃一片巧克力，那几天吃了二十多片巧克力补充能量，连续五天吃完买的药，第五天上午药起效了，出了一身大汗，人感觉轻松多了，好了一大半，第六天停药了，又让老婆做饭我吃，慢慢增加。这个时候社区打电话让准备去隔离，没有说别的就去了，政府对我们好呵，安排吃住都很好，在此真的感谢！后来又经过了一些事，于12日转到武汉客厅方舱医院，进来第一天其实也很担心，环境和人员都不熟，好在这里一大群医护人员给人感觉太好了，一下就放松了，进了她们安排的微信群，群里好多志愿者老师她们也特别热情帮助我，最无私那种，什么有事帮，家里有事也帮，后顾之忧没了，病也好的快，人精神也好多了，特别感激这群未见面的老师，现在每天生活在这个特殊大家庭里，很开心，医护来查房非常乐意配合，每天跟她们医护跳舞做操，也积极参加她们安排志愿者活动，做些自己力所能及的事当作好回报，而且准备好了出去后献血，能救人是我最大的愿望，因为当时自己病时太难受了，帮帮他她们留住他们。武汉很美好，中国很美好！

武汉客厅方舱医院 808 床病友张先生：
武汉很美好，中国很美好！

医务工作者，你们辛苦了

我于 2020 年 2 月 11 日进入国家网安基地进行隔离，13 日下午进入武汉客厅方舱医院进行治疗至今，这几天的经历让我深受感动。

首先感谢我们的党，感谢我们的祖国。1000 多万人的城市，一声令下，“封城”的壮举让世人瞩目，是我们党始终把人民群众的生命安全和身体健康放到首位。全国上下全力支援，用实际行动诠释着万众一心的精神。

感谢祖国各地支援武汉的医务工作者，他们“舍小家、顾大家”，不惜冒着生命危险前来支援。在他们日常工作中，随处都能体现出医务工作者特别能吃苦、特别能战斗的精神。在阻击疫情战中发挥中流砥柱的作用，始终把患者的生命安全放在首位，全力以赴救治患者。他们是医务工作者，比谁都了解新冠病毒的危害性。他们身处疫病的核心地带，充分与患者接触并了解病情，拿出治疗方案。每天定时检查患者体温、血压、血氧饱和的数据变化为治疗方案提供依据。每天定时清理患者的生活垃圾，为患者提供一个良好的医疗环境，为了缓解患者紧张恐惧情绪，他们与患者互动娱乐等。每一次与患者的接触就会增加一分被感染的危险，他们为了我们患者早日安全出舱，不顾自身安全。

他们的所作所为让人非常动容，我们患者要以积极的态度面对病情，主动配合治疗，自觉维持方舱医院秩序，争取早日出舱，才是对他们辛苦付出的最好回报！

感谢全体来武汉支援的医务工作者，你们辛苦了！

武汉客厅方舱医院
817 床病友
写于 2020 年 2 月 18 日

中国加油！武汉加油！

自从进了方舱医院，我感觉这里的条件都非常好，个人生活用品全部都有，一日三餐伙食非常满意，还提供水果、牛奶。患者之间互相帮助，特别是我们的医务人员，对待患者就像对待自己的亲人一样，工作认真耐心，和患者交谈，关心他们、鼓励他们，处处为患者着想。在此，我要特别感恩我们的白衣天使们，相信有我们的祖国做后盾，有我们的白衣天使的精心治疗，抗击新型冠状病毒肺炎疫情的战斗我们一定能胜利。

中国加油！武汉加油！

武汉客厅方舱医院

A779 床病友

写于 2020 年 2 月 17 日

以“有限”求“无限”，武汉必胜！

首先向来自全国各地的医护人员表示最崇高的敬意！

向民警、协警表示最崇高的敬意！

向保洁员、志愿者表示最崇高的敬意！

我于2月9日来到武汉客厅方舱医院，这里犹如一个大家庭，在医护人员的精心治疗和无微不至的关心下，我的病情很快得到好转，心情愉悦。这些医护人员为了支援武汉战胜疫情，不远千里来到武汉，来到抗疫第一线。医护人员穿着密不透风的防护服，看着他们如此敬业、如此辛苦，我的心里很难过，感觉对不起这些远方来的医者，向医护人员致敬！谢谢医护人员！

我出生于1949年，与新中国同龄。我爱我的祖国！

是党的教育与培养，使我从一个不懂事的孩子成长为一名中国共产党党员；使我逐步懂得革命道理，成为党的干部；使我懂得身为一名共产党员，就要像雷锋同志那样全心全意为人民服务，把有限的生命投入到无限的为人民服务中去，这样以“有限”求“无限”的彻底革命精神，才是生命的真正价值！

我们现在遇到的疫情，及前些年的抗洪、“非典”等事件都证明：只有在中国共产党的领导下，才能战胜如此灾难，只有中国共产党才能救中国，只有社会主义才能拯救中国。这样的疫情如果放在其他国家，后果可能不堪设想。在中国共产党的领导下，一方有难，八方支援，满满的正能量，多少亿人居家隔离，封城、封路、封社区，管理依旧有条不紊，我们住院的生活，伙食荤素搭配，安排得真好！

坚定信心！武汉必胜！湖北必胜！

武汉客厅方舱医院

B935 床病友

写于 2020 年 2 月 17 日晚

我是你工作中的过客，你却是我人生的转折

我是一名感染新型冠状病毒的患者，同时还是一名癌症患者。我今年 75 岁，我是 2 月 9 日晚上进入武汉客厅方舱医院，在此我特别要感谢接待我的一名护士和护士长，因为我是超过收治年龄的患者，但这名护士向护士长一再反映情况，要求护士长接受我，护士长当时看了我本人状况，因为当时我没有发热，病情不是很严重，就同意收治我了。当时我非常感动，发自内心感谢护士和护士长。

从进院到现在已经 9 天，经过医务人员的治疗护理，我的身体已慢慢得到恢复，检查结果基本正常了。作为一名党员，要不忘初心、牢记使命。我既是患者，也是党员，无论何时何地，[illegible]名党员都应该是[illegible]面旗帜，在这场考验全党和全国人民的战“疫”中，我们党员更应该用实际行动为抗疫贡献自己的力量，团结动员身边病友不信谣、不传谣，用理性过滤谣言，用事实解疑释惑，传递实实在在的好消息，讲述科学严谨的真知识，引导积极向上的正能量，积极参加各项活动。在此再次感谢那位不知名的护士和护士长，是你们救治了我，我只是你工作中的过客，可你是我人生的转折。我要为这名护士和护士长点赞，让我感受到方舱医院的温暖和爱。

武汉客厅方舱医院

873 床病友

写于 2020 年 2 月 18 日

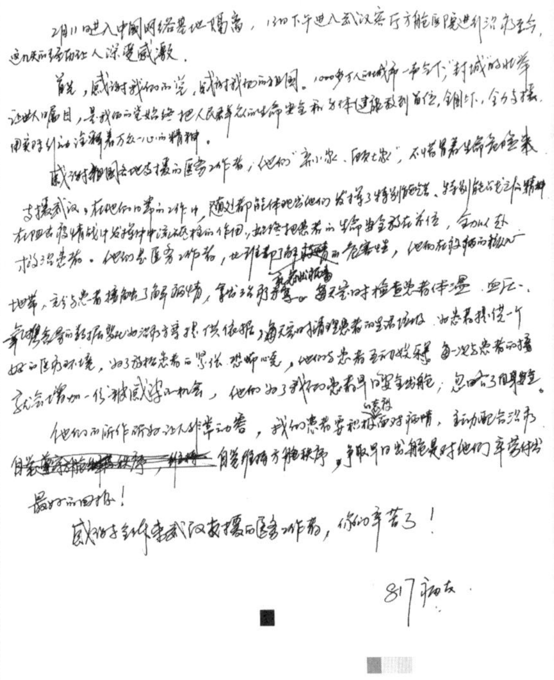

2月11日进入中国网络显地隔离，13日下午进入武汉客厅方舱医院进行治疗至今，这几天所经历的让人深受感激。

首先，感谢我们的党，感谢我们的祖国。1000多万人口的城市一声令下，封城的壮举让世人瞩目，是我们的党始终把人民群众的生命安全和身体健康放到首位，镇定、全力支援，用实际行动诠释着万众一心的精神。

感谢来自全国各地支援的医务工作者，他们"舍小家、顾大家"，不惜冒着生命危险来支援武汉，在他们的工作中，随处都能体现出他们发扬了特别能吃苦、特别能战斗的精神，在阻击疫情战斗中发挥中流砥柱的作用，始终把患者的生命安全放在首位，全力以赴救治患者。他们是医务工作者，也非常了解病毒的危害性，他们在疫情面前挺身而出，主动与患者接触了解病情，拿出治疗方案。每天定时检查患者体温、血压、血氧，为治疗方案提供依据；每天定时清理患者的生活垃圾，为患者提供一个好的医疗环境，为了减轻患者的恐惧、恐怖心理，他们与患者互动娱乐，每一次与患者的接触就会增加一份被感染的机会，他们为了我们患者早日安全出舱，忽略了自身安全。

他们的所作所为让人非常动容，我们患者要积极乐观地面对病情，主动配合治疗，~~自觉遵守方舱秩序，维持~~自觉维持方舱秩序，争取早日出舱是对他们辛劳付出最好的回报！

感谢来自全国各地来武汉支援的医务工作者，你们辛苦了！

817病友

武汉客厅方舱医院817床病友：

医务工作者，你们辛苦了

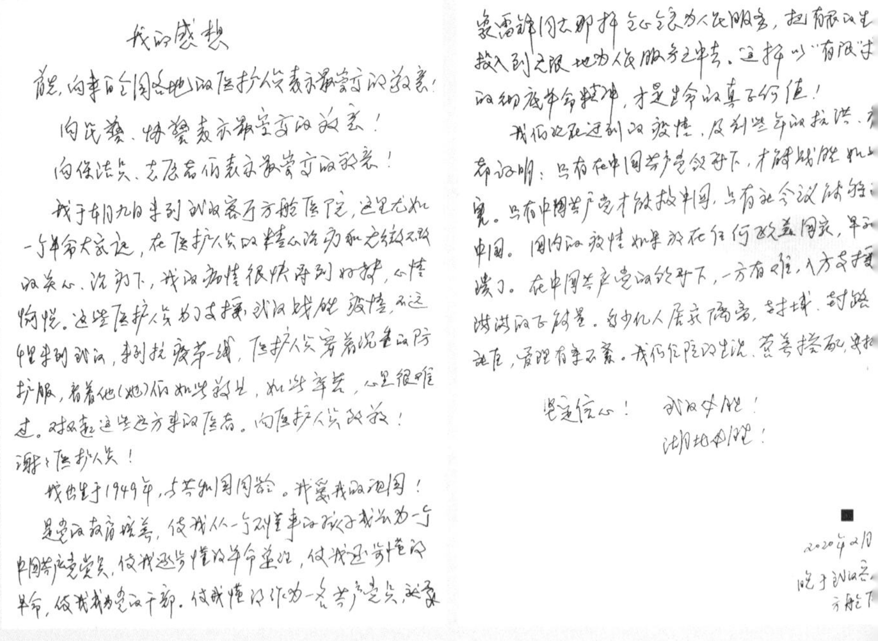

我的感想

首先，向来自全国各地的医护人员表示最崇高的敬意！

向民警、协警表示最崇高的敬意！

向保洁员、志愿者们表示最崇高的敬意！

我于2月9日来到武汉客厅方舱医院，这里犹如一个革命大家庭，在医护人员的精心治疗和无微不至的关心、治疗下，我的病情很快得到好转，心情愉悦。这些医护人员为了支援武汉战胜疫情，不远千里来到武汉，来到抗疫第一线，医护人员穿着沉重的防护服，看着他（她）们如此劳累，如此辛苦，心里很难过。对不起这些远方来的医者。向医护人员致敬！谢谢医护人员！

我出生于1949年，与共和国同龄。我爱我的祖国！是党的教育培养，使我从一个[illegible]来的孩子成为一个中国共产党党员，使我逐步懂得革命道理，使我逐步懂得革命，使我成为党的干部。使我懂得作为一名共产党员，就要像雷锋同志那样全心全意为人民服务，把有限的生命投入到无限地为人民服务之中去。这种以"有限"求"无限"的彻底革命精神，才是生命的真正价值！

我们现在遇到的疫情，及前些年的抗洪、抗

都证明：只有在中国共产党领导下，才能战胜

灾。只有中国共产党才能救中国，只有社会主义能够

中国。国内的疫情如果放在任何欧美国家，早就

溃了。在中国共产党的领导下，一方有难，八方支援

满满的正能量。多少人居家隔离，封城、封路

社区，管理有条不紊。我们住院的生活、营养搭配、

坚定信心！武汉必胜！

湖北必胜！

2020年2月10日

晚于武汉客厅方舱医院

武汉客厅方舱医院B935床病友：

以"有限"求"无限"，武汉必胜！

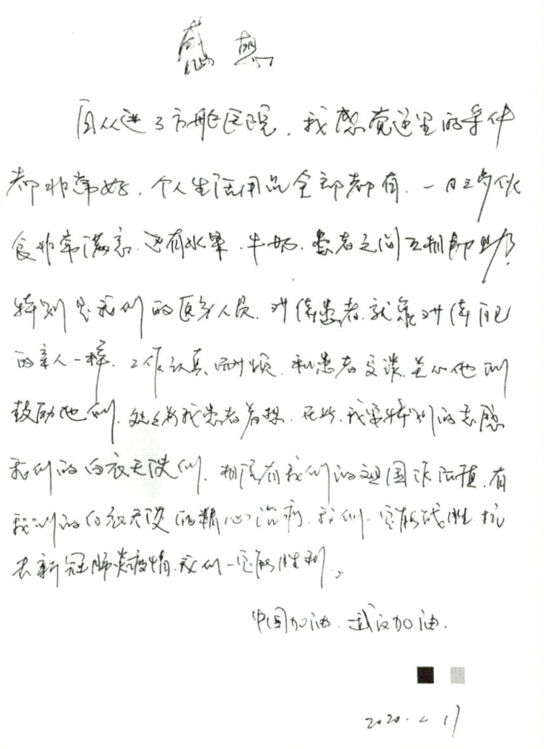

感恩

自从进了方舱医院，我感觉这里的条件都非常好，个人生活用品全部都有，一日三餐伙食非常满意，还有水果、牛奶，患者之间互相帮助，特别是我们的医务人员，对待患者就像对待自己的亲人一样，工作认真、负责，和患者交谈，关心他们，鼓励他们，处处为我们患者着想。在此，我要特别的感恩我们的白衣天使们，相信有我们的祖国作后盾，有我们的白衣天使的精心治疗，我们一定能战胜，抗击新冠肺炎疫情，我们一定能胜利。

中国加油，武汉加油。

[redacted]

2020.2.17

2

直击现场
患者的信

武汉客厅方舱医院 A779 床病友：
中国加油！武汉加油！

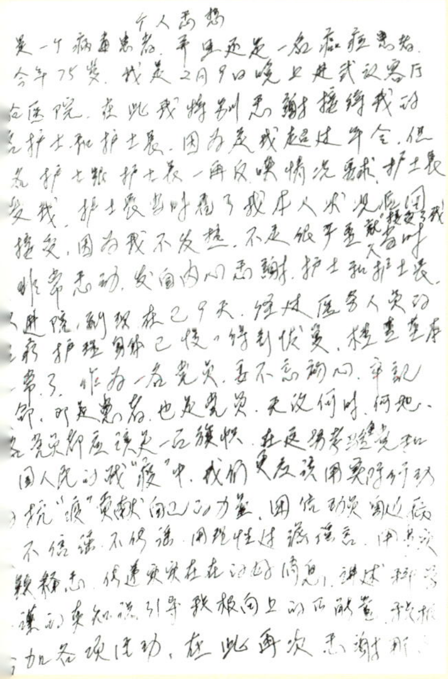

个人感想

是一个病毒患者，年出还是一名癌症患者，今年75岁，我是2月9日晚上进武汉客厅方舱医院，在此我特别感谢接待我的护士和护士长，因为是我超过年令，但是护士跟护士长一再反映情况，就把护士长接受我，护士长当时看了我本人状况后同意接受，因为我不发热，不是很严重，就接受了我入院，当时我非常感动，发自内心感谢，护士和护士长。进院，到现在已9天，经过医务人员的治疗护理身体已慢慢得到恢复，检查基本正常了。作为一名党员，要不忘初心，牢记使命，可是患者也是党员，无论何时，何地，党员都应该是一面旗帜，在这场光荣的全国人民的战“疫”中，我们更应该用党的行动为抗“疫”贡献自己的力量，团结群众，周边病友不信谣、不传谣，用理性对待谣言，用积极的精神，传递更多正能量的信息，讲述好榜样，引导我们向上的正能量，我们积极参加各项活动，在此再次感谢所

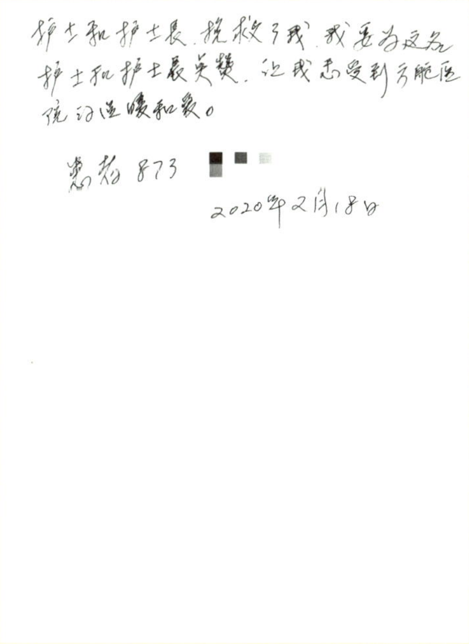

护士和护士长，挽救了我，我要为这名护士和护士长点赞，让我感受到了方舱医院的温暖和关爱。

患者 873 [redacted]

2020年2月18日

武汉客厅方舱医院 873 床病友：
我是你工作中的过客，你却是我人生的转折

疫情无情人有情，大爱前行战必胜

2020年的春节，武汉上空飘着疫情阴霾，热闹非凡的大武汉街道一片寂静，热情的武汉人心里被疫情这座大山压得有些喘不过气来。在此次疫情中，我家不幸“沦陷”，先是婆婆被确诊感染新型冠状病毒肺炎，老公被列为疑似患者，后是我儿子发烧、我咳嗽，也先后被确诊感染。有幸的是，我们身在中国，有党有强大的祖国为我们救治，我婆婆被收治住院，我们在门诊打针，无数的医护人员及社区工作者负重前行。疫情无情人有情，社会有温暖，使在病中的我更是增添了勇气和战胜疫情的斗志。

我们先被社区送至酒店隔离，2月10日被送到武汉客厅方舱医院治疗，婆婆仍在医院住院治疗。虽然都还在康复中，没有出院，但我们有信心战胜疫情。这次疫情让我们看到了党的领导核心；看到了中国政府执政的能力；看到了强大的国力；看到了不惧危险的白衣战士；看到了雷厉风行的军警；看到了……

有太多的感人场景和画面，我只想说，生活在中国，生活在这样的好时代，是我们最大的幸福，世界绝无第二。

武汉客厅方舱医院

B997床病友

潘兰珍

写于2020年2月17日

白衣天使，愿你们一生平安

今天下午两点左右，我从外面进方舱医院，看见两名护士推着治疗车，上面装着许多药品。由于门槛较高，加上护士力量较小，我发现后，主动承担一头的重量，两名护士负责另一头，通过两个门槛，把治疗车和药品抬了进来，护士一再感谢我，我心想你们才是我真正要感谢的人。

你们是白衣天使，“舍小家，顾大家”，不顾个人安危，冲在前线。

在此，致以我最崇高的敬礼与祝福，愿你们好人一生平安！

武汉客厅方舱医院

833 床病友

魏志展

写于 2020 年 2 月 17 日

75 岁，不一样的生日记忆

今天很高兴能和我们生命的守护者陶警官一起过生日，也很荣幸有这么多尊敬的医护人员和病友来捧场。没有想到，会在方舱医院度过我 75 岁生日。从我和老伴染病至今，已有一个多月了，我们经历在家隔离、酒店隔离观察和方舱医院隔离治疗三个阶段，病程也经历了从持续发热、咳嗽不已、喘气难受、焦虑无助的阶段到现在能安心治疗、恢复健康的阶段。

进入方舱医院已有 20 天了，它给我们留下深刻的印象。首先它体现了党和国家对新型冠状病毒肺炎疫情的高度重视，对全国人民生命安全的关心。在很短时间里改造建立起来的方舱医院，为我们的顺利入住准备好了一切必要条件，并在不断完善中。现在我们每天都能深切感受到党和国家的关怀。其次体现了医护人员和后勤安保人员对我们的爱心，特别是白衣天使们从祖国各地驰援湖北。他们每天穿着密不透气的防护服，不吃不喝连厕所也不能上，为我们早日康复而忙碌。经过前一阶段的精心治疗，我们的病情得到很大程度的好转，已有一部分病友康复出院。现在最需要的是树立必胜信心，积极配合治疗，争取早日走出方舱。这里完全用得上中国的一句古话：既来之，则安之。自己完全不用着急，让体内慢慢生长抵抗力。

各位病友，能在方舱医院相聚，共同与新型冠状病毒肺炎疫情作斗争，是一种缘分，最后胜利一定属于我们，让我们共同努力。武汉加油，中国必胜。

这次染病是我的一次重要的人生经历，并会终生不忘，在方舱医院过的这个生日，也显得特别有意义。最后，我和老伴对大家的光临表示衷心的感谢，也顺祝陶警官生日快乐！谢谢大家！

武汉客厅方舱医院

A674床病友

梅昌义

写于 2020 年 2 月 28 日

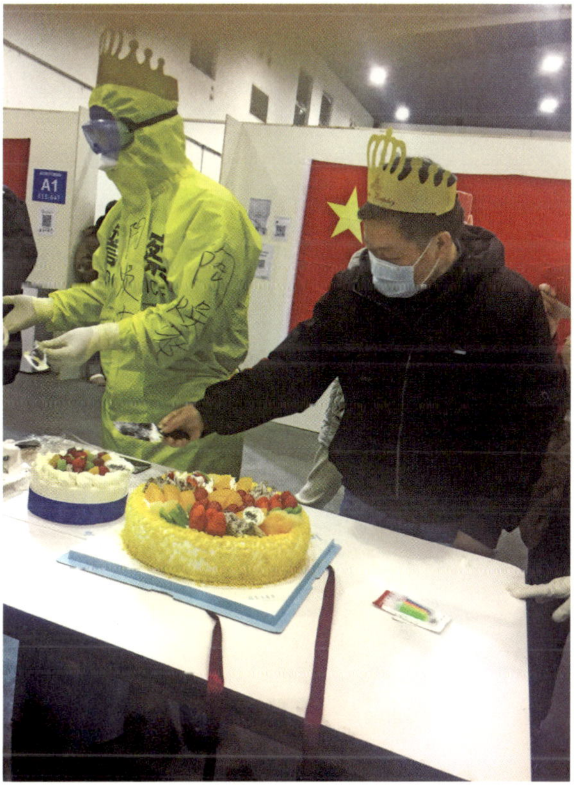

75 岁，不一样的生日记忆！

2020年的春节，武汉上空飘着疫情阴霾，热闹非凡的大武汉街道寂静，热情的武汉人没有一丝喜悦，心里被疫情这座大山压得喘不过气来。在此次疫情中，我们家不幸沦陷：先是婆婆被查出确诊冠状病毒肺炎，老公被查出疑似病人。后儿子发烧，我咳嗽也先后被确诊冠状病毒肺炎。有幸的是，我们身在中国，有党有强大的祖国为我们救治，我婆婆被收治住院，我们在门诊打针，无数的医务人员及社区工作者负重前行。疫情无情人有情，社会有温暖，使在病中的我更是增添了勇气和战胜疫情的斗志。我们先被社区送至酒店隔离，2月十号被送到武汉客厅方舱医院治疗，婆婆仍在医院住院治疗。虽然都还在康复中，没有出院，但我们有信心战胜疫情。这次疫情让我们看到了党的领导核心，看到了中国政府执政的能力，看到了强大的国力，看到了不惧危险的白衣战士，看到雷厉风行的军警，看到了……有太多的感人场景和画面，我只想说，生活在中国，生活在这样的好时代，是我们最大的幸福，世界绝无第二。~~敬畏中国、热爱中~~

B997床 潘兰珍

2020.2.17

武汉客厅方舱医院 B997 床病友潘兰珍：

疫情无情人有情，大爱前行战必胜！

武汉客厅方舱医院 833 床病友魏志展：
白衣天使，愿你们一生平安！

万分感谢你们、

你们白衣天使，舍小家顾大家，不顾个人安危，冲在前线。在此
致以我最崇高的敬礼与祝福。
愿你们及家人一生平安！

833床
魏志展
2.7

今天下午二点钟左右，我从外面进方舱医院，看见两名护士推着治疗车，上面装着许多药品，由于门槛较高，加之护士力量较小，我发现后，主动承担一方的重量，两名护士负责另一边，通过二个门槛，把治疗车及药品抬了进来，护士一再感谢，我心想你们才是要真正

第二章：
为爱逆行，战“疫”必胜（医护篇）

我——逆行者

《肖申克的救赎》里说：
坚强的人只能救赎自己，
伟大的人才能拯救他人。
2020年春节临近，
我们告别家人，奔赴武汉。
不是因为有多伟大，
而是因为守护生命是我们的职责。
“若有战，召必回；克时艰，战必胜”！

武汉加油，武汉人民加油

2020 年开始的一切，终将会如烟般散去，而这些被记录下来的，无论是生的温暖还是死的恐惧，都会成为一种印记……

2020 年 1 月 23 日下午 4 点，护士长在微信群里发出倡议书，武汉疫情严重，需要医护人员支援。看到消息，我立刻回复："我报名。"

回到家，和妻子说了我报名支援武汉的事情，她愣了一下，呆呆地看着我，久久不说话。我看着她的眼睛，红了眼眶。她转过身，淡淡地说："去做你想做的事情吧，家里不用担心，我等你回来。"

"对不起。"那一刻，除了说这句话，我想不到该如何表达。

2020 年 1 月 28 日上午 10 点，接到护理部主任金老师电话："程文领，请立刻带着行李到医院，我们下午就要出发。"国有令，召必应；民有需，势必行。

晚上 11 点到达武汉。第二天上午培训，当地同仁为我们讲解了武汉的疫情形势和临床注意要点，为我们分配了任务，支援武汉市第三医院。

30 日凌晨，我怀着无比激动的心情踏进了武汉市第三医院住院部 19 楼隔离病房。我们先是来到住院部 7 楼更换好全套防护物，口罩、隔离衣、防护服、护目镜，一个都不能少。最后由专业老师检查确认后进入隔离区。19楼病区有30张床位，其中有2名重症患者。进病房前做过很多的假设，结果一进去就有突发情况：交接班时发现患者氧饱和下降，随即检查氧流量瓶，发现没有氧气输出，查找原因的同时，另外一位重症患者氧饱和也下降了，同样是没有氧气输出。对缺氧的新型冠状病毒肺炎患者来说，氧气就是生命啊。立即联系医院供氧站，才知道是供氧不足，说马上会恢复。第一天就这样有惊无险地做好了交班，急得我们一身汗，再加上第一次全副武装进入隔离病房，护目镜上早已起雾。接下来就是病区常规工作：核对医嘱、静脉封管、高热患者体温测量，等等。凌晨4点，写好交班内容，做好床边交接，我们准备回去休息，为下一个班做好准备。

在武汉工作这些天，我遇到了很多患者，他们并不像网上传的那么可怕，他们基本都是很愿意配合我们、理解我们工作的。会有个别患者自暴自弃，不愿配合治疗，我会为他们做心理疏导，鼓励他们，要有战胜疾病的勇气。“我们都会陪着你们的，国家没有放弃你们，你看，我们不是来了吗？要相信祖国、相信医护人员，我们会治好你们，让你们和家人团聚。”看到一个个患者痊愈出院，笑容映在他们脸上，即使让我穿着这厚厚的防护服连续工作十几个小时，我也心甘情愿。

心理疏导，对现在的武汉人民来说，真的很重要。它是一剂强心剂，是战胜病魔的良药，只有让武汉人民不要放弃，才有希望迎接明天的到来！

我是程文领，来自上海市第七人民医院，平凡地做好身边的每一件小事，为武汉加油，为武汉人民加油！

上海市第七人民医院手术护师
程文领
2020年2月20日

莫道春常在，武行更敬生

今天武汉的天空虽然是阳光明媚，但我们都笼罩在悲情之中，就在今天上午，从官方媒体得知，武汉市武昌医院院长刘智明因感染新型冠状病毒肺炎于上午 10∶30 去世，真是天妒英才。他是被授予“武昌英才”和武汉市入选“十百千人才工程”的优秀人才，才刚至知天命之年。疫情面前，生命是脆弱的，一位如此优秀的医学专家就这样倒下了，令我们扼腕长叹。

疫情当前，生死无常，今天注定是悲情的。就在我的病房里，一位我精心护理了近一周的病友突然病情加重了，我立即汇报给主治医生，我们联手进行了抢救，虽然尽了最大的努力，但仍然无济于事，患者还是走了。我们相处还没几天，他那渴望的目光、那依赖的神情还萦绕在我眼前，但此刻却已没有了生命的迹象。病情发展变化真的太快了，我们都有些束手无策，我们都顿足捩耳……

作为一名医务人员，我感到自身是何其渺小，何其无助，生命在眼前就这样消逝了。此时只恨自己不是华佗再世，我多么渴望自己有一双回春的妙手，能拯救他们，哪怕是能多挽留一段时间，那也是何其幸哉。他们就这样走了，就连亲人最后一面都不能见到，弥留之际，只有我成了他们人生最后的守望者，想起这些，我真的很痛心，很难过……

泪水打湿了口罩，也模糊了护目镜，很痛楚，很无奈。但此时我们更需要坚强，还有很多事情需要我们去处理，还有更多的病友需要我们去关照。我们需要擦干眼泪，给自己加油打气，无畏无惧，为更多的病友带去生的希望。生命是脆弱的，但人心是温暖的，病毒再可怕，也会有被消灭的那天，冬天再寒冷，也都会过去的。大家一起加油，共同攻坚克难，守望相助，敬爱生命，共同迎接战“疫”的曙光。

莫道春常在，武行更敬生。珍惜当下，对逝去的人释怀，对需要帮助的人悉心对待，珍爱生命，精心呵护，能握住的手坚决不放，尽我所能去保护、去珍惜。我们将一直坚守下去，不辱使命，勇敢直前。当武大樱花再次绽放时，愿这个浴火重生的城市能被温柔以待，如樱花般灿烂……

东方医院重症医学科主管护师
蔡小红
2020 年 2 月 20 日

逆行中的护士之我见

转眼间从事护士这个职业已经十四年了，我们有一个美好的名字：“白衣天使”，在此次疫情中，我们又有了更为特殊的名字：“逆行者”。逆风而行，所为何往？来之前收拾行李的时候，女儿问我：“妈妈，你害怕病毒吗？”“怕！”“那害怕就不要去了啊，你为什么还要去？”女儿带着哭腔问我。沉默许久，我也只能回答：“因为妈妈是护士，这就是妈妈的工作。”

到了武汉之后，我们入驻了武汉客厅方舱医院，这里是目前武汉最大的方舱医院。由我们负责的区域有 219 张床位，在收治患者的时候，我们发现有很多一起来住院的患者，很多同姓、或者名字相似的，追问才知道，他们是父子或者兄弟。来之前虽也知道疫情严重，但真实呈现在我们眼前的时候，我们震撼了，为每一个遭受不幸的家庭感到深深的痛心。能为他们做点什么？我们都在问自己。

周围一起工作的同事都是有着丰富工作经验的“老护士”。但进舱后，我们也遇到了与以往不同的挑战，穿上防护服，戴上护目镜，视觉听力通通减退，戴着双层手套的手也没有以往灵活。在病房里经常看到明明两个离得很近的护士扯着嗓子在跟对方讲话；明明就想拿一本册子，一不小心手却哗啦啦把桌上的文件弄翻到满地狼藉。但仅仅是这样就能唬住我们吗？从进舱的第一天到现在，各类健康宣教、入院流程，各种表格标签、心理护理、文娱活动，从无到有，一次次完善修订。从“采集咽拭子”这类高危操作到为患者发饭、协助清理生活垃圾都是由护士来完成，每一项琐碎的工作，都是我们的日常。习惯了全电脑操作的我们在条件有限的情况下又回归了手工，以往熟悉的工作如今可能要花比平时更多的时间。大家仿佛都有种默契，各自都尽着最大努力把工作流程整理得更顺畅，绞尽脑汁完善每一个细节，把对每一个患者的护理尽可能做到最好。无论走到哪里，希望把所有的事情都做得井然有序，大概已经成为护士这个群体里的每一个人刻在骨子里的习惯。

前两天武汉大雪，有一位患者抱怨护士带患者去做 CT 速度太慢，许久都没有轮到他，情绪非常激动，在护士站指着我们破口大骂：“你们怎么回事，这点工作都做不好？”他没有看到我们负责引导的护士冒着大雪，仅穿着防护服加一件洗手服的他冻得瑟瑟发抖，大雪里护目镜起了雾气看不清楚又担心患者没有跟上来走错路，每走一段路他就要回过头去清点一遍人数，这让他的速度比平时慢了很多。正当我们在解释的时候，没注意旁边已经有许多患者围了上来，你一句我一句地为我们说话，“你没看小伙子冻成什么样了”“护士多不容易啊，千里迢迢冒着危险来救我们”“都相互理解吧，我看这些护士都很好”。我常说，我们护士都是给块糖就能甜很久的人，哪怕受了委屈，一句理解宽慰的话，就足以温暖我们很久。

大疫之中有大爱，然而大爱最是无言，大爱最是无声。每一名奋斗在一线的护士用实际行动践行着职业精神。萤火之光能汇聚星河，星星之火可以燎原。终有一天，一如朱自清先生的《春》里所写：盼望着，盼望着，东风来了，春天的脚步近了。

上海市东方医院护士
查　韵
写于武汉客厅方舱医院
2020 年 2 月 19 日

你们的肯定，是我们最好的强心剂

今天进入方舱医院前思绪万千：之前微信上有很多信息，有很多患者要处理，患者太多一下子记不清楚；不知道今天和我们合作的是哪里来的护理人员，配合是否融洽。在穿防护服的帐篷里碰到几个上海的姑娘，还有两个小伙子，很活泼，问了他们才知道原来是B舱A区的护理人员，看他们的精神头就知道，今天的班应该问题不大。

一个姑娘主动找我给她写名字，我记住了她的名字，“上海周敏”。进舱后我们各自交班，护理的小姐妹们很快进入了工作状态：对医嘱，测生命体征，上报患者病情，核对检查结果。看不出年龄，每个人只能看到一双充满活力的眼睛。患者住在这里有些情绪不稳，焦虑明显，姑娘小伙子们耐心和患者交流，有的长达半小时，患者最后满意离去。大厅里穿着防护服很闷热，戴着双层口罩说话很费劲，可是她们没有人表现出丝毫的不耐烦，反而是异常的耐心。

我听到有个患者大姐在和另一个患者说：“她们太好了，太辛苦，我想写封表扬信，感谢她们，但不知道怎么去写……”听到这话，我感觉心头一热。这是最好的强心剂，我们会更努力，会让你们尽早康复，尽我们之力换大美武汉一片净土，助大美武汉一片繁荣！

宁夏支援湖北医疗队队员　写于武汉客厅方舱医院　2020年2月19日

方舱里唱响《我和我的祖国》

“我和我的祖国，一刻也不能分割……”2月21日，熟悉的旋律响起，在武汉客厅方舱医院，护士、患者、安保、志愿者等工作人员饱含深情齐唱。他们挥舞着双手，用最美的歌声祝福今天出院的患者，感谢来自新疆医疗队的精心护理。

一方有难，八方支援。自2月4日开始，新疆第二批支援湖北的医疗队在武汉客厅方舱医院工作已经有半个月了。在这里，100名队员负责230张床位患者的护理。方舱医院与野战机动医院类似，由活动的“房子”建成，组装快、功能全、机动性强，相较于传统医院的隔离密闭的小病房空间，方舱医院不仅可以收治大量患者，其开放式的病房还可以大幅提高看护效率，让医护人员有足够的精力照顾更多患者。

方舱医院里大部分都是轻症患者，相对于重症患者，他们的心理状况、生活状态和健康教育就是医疗队关注的重点。医疗队在完成日常护理工作的同时，还带着患者跳舞、唱歌、练八段锦，每天把饭菜、药品亲自送到患者的手里，还带来新疆的大枣和杏干等土特产请每一位患者品尝。

随着时间推移，方舱医院里开始有患者出院了，1名、2名、5名……数字每天都在增加，所有的医务人员，所有的病友，都为他们感到高兴，用什么方式来表达大家激动的心情好呢？领队陈晖书记想到用歌声来祝福。上午 10：30，当《我和我的祖国》的旋律刚刚开始播放，所有的患者自发地来到音箱旁边，大家从惊喜到感动、从倾听到合唱，悠扬的旋律、铿锵的节奏、深情地歌唱感染着现场的每一个人。

“作为武汉人，在这特殊时期更是深刻地感受到了来自祖国母亲的关怀和温暖，非常感谢来自全国医务人员的奉献，用《我和我的祖国》歌声祝福我们出院的患者，既真切表达了我们对祖国、对全国医务工作者的感谢，也是对出院患者最好的祝福。没有祖国就没有我们现在那么温暖的治疗环境。虽然这是一首非常熟悉的歌，但每次在唱响那一刻，身体里仍是忍不住地热血沸腾。感谢祖国，感谢党，感谢新疆医疗队。”在场的患者激动地诉说。

患者杨师傅激动地在微信里说：假如我出舱了，我首先感谢政府、领导对我们的关注和爱护，同时还要感谢我们的医生和护士，你们像我亲人一样，每天守在我们的身边，不离不弃，时常问我们：好点吗？好点没有？有哪儿不舒服？吃了吗？吃饱了没有？我好感动，我终生不会忘记你们的一双双眼睛和身影。还有我们医务志愿者、默默无闻的社工和优秀的共产党党员，他们的付出，给我力量，使我更加坚强。武汉加油，康复中的病友加油。保持好的心态、好的心情，一定能战胜疾病，顺利平安出舱，安全回家。

“我和我的祖国，一刻也不能分割……”疫情防控工作到了最吃劲的关键阶段，要坚决打赢疫情防控的人民战争、总体战、阻击战。新疆第二批支援湖北医疗队全体成员将和全国人民一起众志成城，为战“疫”交上一份满意的答卷。

新疆第二批支援湖北医疗队

克拉玛依　戴　文

写于武汉客厅方舱医院

2020 年 2 月 21 日

上海老师，谢谢你们来守护武汉

湖北武汉对于我们来说，是家，是故乡，是工作的地方。而对于“援汉者”来说，这座城市是陌生的，甚至有点新奇，但更多的是“一方有难，八方支援”的奉献。

和我们一起上班的有上海交通大学附属仁济医院、同济大学附属东方医院和上海市胸科医院的老师，他们很温暖、很细腻，有时遇到一口武汉方言的患者他们总是很耐心地去听，让他们说慢一点，询问他们是不是可以说普通话，主动地去询问、去交流。有一次我接管了上海老师管的患者，中途给患者打了静脉留置针问他痛不痛，他说：“一点都不痛，”又说了一句，“你肯定是上海的老师吧，你们从这么远的地方来武汉，辛苦了。”也有患者问他们：“武汉这么重的疫情，你们来这么远的地方舍掉父母、孩子和自己的家庭，你们怕不怕？”他们微微一笑：“怕肯定是怕的，但为了武汉，为了中国，舍小家顾大家是我们应该做的。”这就是上海老师的胸怀。

他们对待我们就像自己的孩子，给我们送来从上海带来的三文鱼罐头、上海风味的红肠、红烧排骨、水果等，还记得有一次我们一起下班同时摘下口罩看到我们脸上快形成的压疮，第二天他们给我们送来了剪好了的压疮贴。我们的同事衣服破了，他们给我们送来了全新的洗手衣……这本该是我们要为他们做的，却全是上海老师给我们送来温暖。谢谢你们，待疫情结束、春暖花开，我们一起去看樱花，游东湖，逛汉街，吃热干面、豆皮、周黑鸭……

武汉市第三医院护士

甘　婷

2020 年 2 月 22 日

加 油
李慧
护士

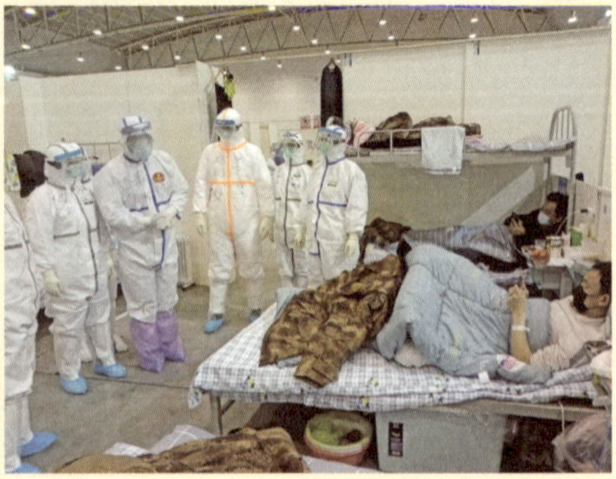

1

直击现场

镜头里的方舱记忆

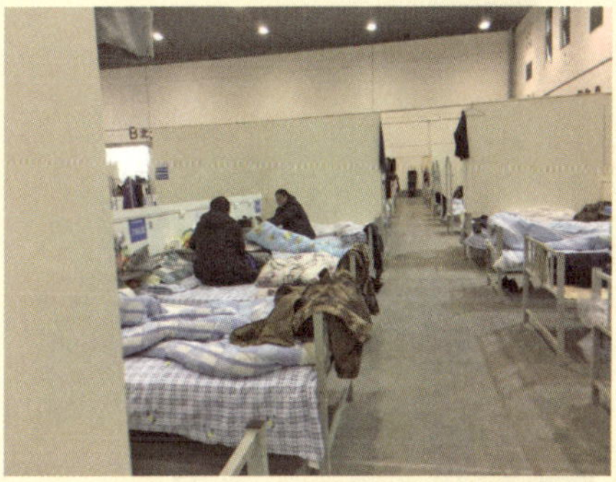

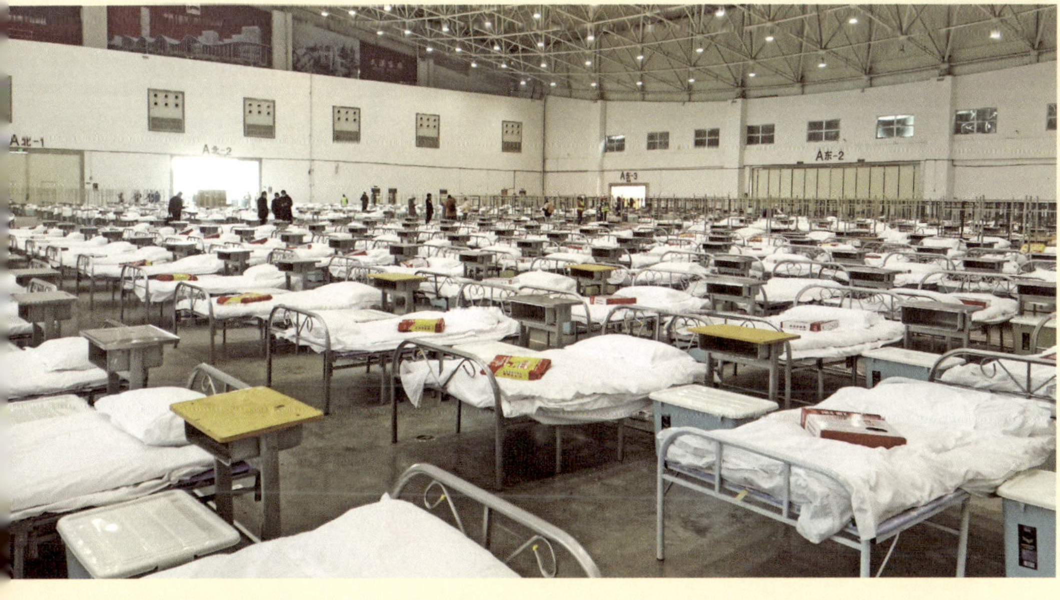

武汉保卫战，那些难忘的战“疫”日子

2月14日

没有从天而降的天使，只有逆行而上的英雄。

剪掉乌黑柔顺的长发，穿上没穿过的尿不湿，珍爱白衣的光荣，挺身而出，就是想打一场不能输的保卫战。

早上5:50，雷阵雨，最高气温8℃，伴有大风。在迷迷糊糊的睡梦中醒来，起床、洗漱、吃早餐。跟往日不一样，平日里，6:30，爱人也起床了，一起吃早餐，我先一步出门上班，他随后也一样往同一方向出发，终点不同，但干的是同一样的行业，过着简单平凡、安静舒心的日子。现在，祖国的需要，义无反顾，使命在肩，初心不变，肩负着深入学习贯彻习近平总书记关于做好疫情防控工作重要指示精神和党中央决策部署。带着湛江人民及中心人民医院的重托，按照广东省卫健委的统一部署，我院领导高度重视、迅速组织，员工纷纷请战。经过精心遴选，我作为一名中共党员、呼吸内科主管护师，随湛江第一批援鄂医疗队出征武汉支援抗击新型冠状病毒肺炎疫情。自2月9日抵达武汉后，经过全方位严格的培训，今天就要上战场，进入武汉客厅方舱医院，与武汉人民携手并肩，共克时艰，打一场不能输的保卫战。

参加这次武汉救援战役，有对丈夫儿子的不舍和对年迈父母的隐瞒，但责任所在，决意已定，不负韶华，不辱使命，坚决完成祖国交给我们的任务，接受党组织的考验。

今天第一次入舱，这是一个难忘的2月14日，没有鲜花，爱人不在身边，陪伴着的是来自不同医院的“战友”，一起来到方舱医院。看到门口搭建的临时帐篷，必须做到全身防护，白一色的“战甲”一套上，谁都一样，不能相认，只有看到胸前背后的名字，才能知道队友是谁。我们是在B舱A区，共有203名患者，分为6组，每组一个责任护士，一个责任护士少的管21名患者，多的管49名患者，主要工作是测量生命体征、发餐，做好病情观察及记录，及时给予患者心理疏导。我具体负责主班工作，处理203名患者的医嘱。虽然主班工作不复杂，但工作量多、任务重，发口罩，协调好医生、治疗班及责任护士的各项工作。患者一个一个来问，药开了吗？检查开了吗？为什么不开？什么时候开？面对一系列的提问，如果在平时，没有一点压力，但穿上防护服、戴上护目镜，讲话非常难受，说多了还损耗氧量，出现呼吸困难、喘大气、护目镜起雾，眼前一片模糊，只能经常说对不起。好在患者理解，心里感觉非常温暖，同时也坚定了战胜疫情的信心。

终于到了下午2:00，我们这班队员都看到了希望，因为早上6:00吃早餐到现在（避免尿尿，尽量不喝水），已是饿到不行，饿能忍，最难受的是憋尿，虽穿了尿不湿，但还是尿不出。还有受到N95口罩及护目镜的压迫，耳朵、鼻梁及脸部都出现了不同程度的刺辣痛感。可接班的“战友”们因为第一天入舱找不到位置，居然走到了A舱，直到下午3:00才来到B舱接班。我们都理解谁都有第一次，没有怨言。接我班的“战友”也是第一次接触这里的电脑系统，只有一步一步带她熟悉系统及各项工作，再排队脱防护服。这时已是有点精力难集中，但也不能急，谨记脱防护服的每一步，打赢这场战“疫”，必须要保护好自己。

回到酒店已是下午 4：30 了，在酒店门口手消毒后更换口罩、踩了消毒垫才能进入酒店，刚进入酒店门口还有工作人员为我们全身喷洒酒精，再次进行手消毒才能走进去。回到房间门口先脱外套、外裤，换拖鞋，手消毒才能进入房间半污染区。早上出门前就准备好了下班回来要穿的衣服在冲凉间，全身冲洗完后这才轻松进入清洁区，终于回到属于自己的清洁小窝，可以自由呼吸了。

2月15日

经历了昨天一天穿着防护服，今天还有些"后遗症"，脸上有压痕，全身都有酸痛感。因为穿着防护服，任何动作都要慢慢轻轻地进行，生怕头一转，护目镜移位，N95 口罩松脱，防护服扯破……

今早 7：30 一觉醒来，看到群里还没人去领早餐，赶紧下楼领了 16 份早餐。早餐供应时间是 6：00—7：30，幸好暖心的工作人员还等着几个未领早餐的队员。

吃完早餐，拉开窗帘看到窗外飘着雨夹雪花，雪越下越大，很快树木和房顶上都穿上了白色外套，就像我们全国白衣天使不约而同来到武汉一样，希望这场战"疫"就快过去。

2月16日

早上闹钟依然准时响起，洗漱吃喝完，接着穿上尿不湿做好入舱的准备。

今天时间不用那么赶。前几天早上 6：40 就要坐第一班车去方舱医院，今天开始司机师傅为了照顾我们，每 15 分钟发一班车，也减少了聚集回来排队洗澡的时间，可以早休息，所以今天我们 7：00 才坐上车。下雪过后路边的景色是很美的，特别是我们广东人没怎么见过雪景，可一路上也没见有人拿出手机来拍照，更没有谁有心情去惊呼昨天下过雪后的美景。相信大家心里都在想，等我们把病毒都赶跑了，下个冬天我们再来武汉好好欣赏这美丽的雪景，好好看看这座美丽的城市。

20分钟后到了方舱医院。今天A区共有214名患者，患者都能生活自理，各班工作都有条不紊进行着。10:00—11:00是带领患者活动时间，A区有两块空旷场地，大部分集中在A5、A6门口，几名责任护士带着病友们放着音乐做一些简单运动，过了半个小时，A1、A2那边有一部分病友大声呼喊着，我们这边还没人带队活动呢。病友们还是很期待每天的这个活动的。

下午2:00准时接班，交完班的“战友”们都下班了。今天接我班的“战友”又是“新面孔”，又重新带一遍，直到2:40才去排队脱防护服。脱完防护服回到更衣帐篷门口，看到女更衣室就冲进去，啊……啊……怎么有男的，赶紧冲出来看，是不是上班缺氧眩晕眼花导致我看错了，再一看没错啊。又进去，我说：“你为什么进来女更衣室啊？”再细看，不好意思了，她说：“老师，被你吓死了。”好像她的头发还是我剪的，尴尬了。我说对不起，你是最美的白衣天使。

穿完衣服出来等车，司机师傅见到我，我说不好意思，就剩我一个了，他说没事的，就算是你一个照样会送你回去的。太感动了，每一个人付出不同的爱，我们中国人很多都在默默地奉献着自己，团结就是力量，没有打不胜的仗。

回到酒店洗漱完已是4:30，等不及晚饭，先泡个方便面，今天这红烧牛肉面的味道回味无穷啊。

2月18日

今天入舱值班时间是14:00—20:00。

12:00领饭回来一打开，广东菜香味扑鼻，离开家乡整整10天，终于能吃到想念的味道了，还是湛江有名的御唐府大厨师的手艺。今天这顿吃得干干净净的，这个班上到20:00力量是足够的了。

今天天气真好，阳光明媚，真想好好享受一下阳光浴。13:00接送我们的专车启动了，马路上的车屈指可数。司机说平时这个时间在这个路口堵车最快要等6个红灯才能过，之前想着等那么久的红灯怕，现在却盼着等那么久红灯的一天。

今天天气好，穿上防护服就开始闷热，头昏脑涨，全身湿透，口干，心里默念着坚持坚持、放慢呼吸，到了6:00，终于缓解过来了。

本来带病友们活动时间是5:00，可因为处理医嘱，我们都还来不及组织病友们活动，7:00，病友们开始自行组织放音乐，带队做起小学时的广播体操，我们也跟着一起，感觉回到了读书年代。真心佩服病友们，有着健康良好的心态，如此乐观，团结一致对抗病毒，病毒都会怕我们的。

广东支援湖北医疗队

湛江市中心人民医院呼吸内一科主管护师

黎月秋

写于武汉客厅方舱医院

2020年2月14—18日，24日

女本柔弱，为医则刚

看到钟南山院士连夜赶赴武汉的报道后，接着就是满屏的全国各地医疗队奔赴疫区支援的消息，我同学朗大大也去了……疫情真的很严峻。如果国家需要，我一定争取驰援湖北。

2020 年 1 月 28 日晚，医院接到通知，组建云浮市第一批支援湖北医疗队，我第一时间报名，经过层层筛选，我入选了。接下来是等待出发，感觉等待的每一分钟都好漫长。

2020 年 2 月 9 日早上 9：00，终于接到出发的通知，我激动得热泪盈眶，我用 2 个小时整理行装，出发，目的地武汉。虽然有诸多不舍，但是患者就是责任，疫情就是命令，我必须担起职责，勇敢冲在最前面，不忘医者初心，牢记救死扶伤的使命。

我们下飞机时室外气温 10℃，虽然有点冷，但是出机场就看到接机的医疗运输队排成长龙，瞬间有股暖流汇入心田，我并不觉得冷。坐在运输车上看武汉很寂寞，本该繁华喧闹的英雄城市，此刻寂寥无比，街上只剩下霓虹灯、警车和医疗运输队，不禁潸然泪下。但是我相信，疫情会被我们战胜，我们都会安全回家！武汉会恢复原来的模样！

随后，就是紧锣密鼓的培训，分组排班后，进入了紧张的战斗状态。

工作的时候，防护服里密不透风，护目镜里凝集蒸汽水珠，呼吸不顺畅。为了不耽误工作，减少穿脱防护服的时间，有的战友还穿上了纸尿裤。一个班六七个小时加上前后的穿脱时间，总共有八九个小时，不喝水、不吃东西、不上厕所……对体力、意志力和心理都是巨大的挑战。但是只要能战胜新型冠状病毒，我们都愿意坚持。

我们与方舱医院对接，第一次进舱是夜班，刚建舱，部分流程还不太完善，但是护理工作却有条不紊地进行着。我一边查房，一边和患者打招呼，他们都非常有礼貌，对我们的工作很配合。患者病情较稳定，部分患者有些焦虑。当我查到一位有耳疾的患者时，发现他眉头紧锁，经询问了解到他睡不好觉，可能是害怕，害怕自己一睡不醒。我想我要给他一个信念，让他知道我一直在他身边，不会离开，只要他有什么需求，我会第一时间为他解决。于是我对他说："我是从广东来的，我今天晚上值班，您不用担心，我会一直在病房，会经常来看您，您有什么需要可以随时和我说，安心睡觉，今晚您会睡得很好！"然后向他竖起了大拇指。我看到他的眉头舒展开了，当晚他不需要安眠药就睡着了，还睡得很香！患者有了安全感，睡眠才好，后续治疗效果才好，健康出院指日可待。

昨天我们上早班，我们分管的区域有 3 名患者出院，临行前互相嘱托与不舍，他们感谢我们不远千里的辛苦付出，我们感谢他们的坚强与配合。他们都在许愿树上挂上了最美好的愿望。有位毕业于武汉大学的出院患者说："2020 年全世界都在提醒你，也提醒我，学会珍惜，学会感恩，迎接更美好的明天。"

工作慢慢进入正轨，每天都有条不紊地忙碌着，找了一个空余时间和爸妈通了视频电话。一向坚强、从不矫情的他们对着视频抹眼泪，嘴里还一直说："你本身就是护士，治病救人是你应该做的，要努力工作，但是一定要保护好自己，爸爸妈妈做你最爱吃的扣肉等你回来吃！”我告诉他们：“你要相信我，我有能力护理好患者，也有能力保护好自己。我在这里一切都好，请放心！”

小时候爸爸常说：一代人，有一代人的使命。面对突如其来的疫情，我们这一代医护工作者以救死扶伤为己任，身先士卒，不求成为英雄，但求成为抗疫一份子，消灭病毒，保人民安康。

疫情来势汹汹，虽然口罩能隔断病毒，但是口罩隔不断人间真情；医护有条不紊，全国上下万众一心。在这场没有硝烟的战斗中，我们众志成城，我们坚守如初；相信没有一个冬天不可逾越，没有一个春天不会来临。中国加油！武汉加油！我们将继续心怀对生命的敬畏，不忘初心，砥砺前行。

广东支援湖北医疗队

云浮市新兴县人民医院

周亚玲

写于武汉客厅方舱医院

2020 年 2 月 23 日

我在武汉抗疫

（一）

2019 年 12 月末的一天，我在新闻中看到武汉出现不明原因肺炎患者。随后，2020 年 1 月 2 日，我又在新闻中看到，香港提高卫生防控级别，严阵以待。作为一名医护人员，职业的敏感性隐约让我感觉到事情的严重性。随着时间推移，病患在增加，及至钟南山院士调研肯定有人传人，及至武汉封城，我感觉事态已经很严重了。春季本来患者就多，又是流感高发期，我脑海中就想：武汉需要支援！随着广东省启动突发公共事件一级应急响应，我知道广东的战役也打响了。大年三十，第一批支援武汉的医疗队出发了，我祈祷默念他们一定要保护好自己，一定要平平安安！我所在的广东药科大学第二附属医院虽不是定点收治单位，但是发热门诊的定点单位，发热门诊也是挤满了焦急的患者及患者家属，我要随时候命支援。大年初四，科主任在科室工作群里号召大家自愿投入战斗，自愿支援武汉。作为重症医学科的我们全科群情高涨，看到信息后都马上回复请战。随后，科主任把请战书交到院领导手里，院领导也高度重视，发到医院群，其他同事看到请战书，也纷纷报名请战。作为医护人员，我太理解大家的心情了，支援武汉、支援同行。全国所有的医疗同行都不会退缩，我们要一起战斗，为医者仁心、为从医的诺言与责任！为守护人民的生命健康！

大年初五，经过领导评估，我有幸成为本院出征的第一人选，我会把大家对武汉的祝福带到武汉。我会尽我所能去帮助武汉同行与武汉人民战胜疫情。同事们也服从组织安排，坚守工作第一线，保护好家乡，有你们，我会很放心地投入到武汉的战斗中的。随后，在院领导关心和帮助下，我紧锣密鼓地参加了出发前的各种防护训练与防护知识、新型冠状病毒肺炎护理的学习。院领导忙前忙后帮忙联系、准备需要的各种东西，家人则陷入支持又焦虑的博弈思想斗争中，他们理解，医护不上谁去上，又不忍自己的亲骨肉面临未知的高风险战场……我一边训练一边做家里人的思想工作，尽量减轻他们的焦虑。我叮嘱妈妈记得按时吃降血压降血糖药控制好血压血糖，我叮嘱哥哥照顾好爸爸妈妈。经过短期强化培训，我收拾好行囊，一切准备就绪，通知一到就出发。

2月9日早上9：00，我正要下夜班，突然接到罗琼花主任的电话，通知我立刻收拾东西出发，我的心情很振奋。火神山建好了，雷神山建好了，方舱医院进驻了，一省对一市对口支援来了，我也能出发了。武汉不怕，湖北不怕。坚持住，要有信心，我们来了！

（二）

在2月9日的新闻中，不断攀升的患者人数的背后足以看出新型冠状病毒正向人民露出凶狠的獠牙。各省市区还在不断组建新的支援队等待着有序投入湖北战场。然而让人心暖及充满力量的是全世界的华人、留学在外的同胞、全国各地各民族的人民也在极短的时间内为灾区筹集大量物资。留学生和华人购买口罩、防护服寄回祖国，企业和个人踊跃捐款捐物，蔬菜大省捐蔬菜、水果大省捐水果、拾荒老人捐自己的积蓄……全世界的中国人又一次展现了前所未有的大团结与凝聚力，这种凝聚力充分体现了人民当家做主，党代表了人民利益，人民拥护党和政府，全世界的华人都以中华民族的伟大复兴与富强为荣；这种凝聚力足以让想借疫情打击中国的外部力量胆寒！带着这样一种谨慎又自信的心情，我和我院呼吸科谢夏南主任及云浮市其他医院的战友从各地出发，在白云机场与广东省其他地市的战友汇合，大家精神抖擞，挥舞着旗帜，在夜色中抵达了武汉天河国际机场。在飞机上，空姐通过广播给我们打气，我们在飞机上一起唱《我和我的祖国》："我和我的祖国，一刻也不能分割……"唱完，大家都已热泪盈眶。下了飞机，即便已是深夜，武汉的地勤、交警、接送大巴依然在列队迎接我们。眼里的这一切都像是在说，武汉欢迎我们，武汉需要我们，武汉期待着我们!

从2月10日起，我们开始接受在武汉的岗前培训，虽然已熟悉了大部分的流程，但是病毒的强传染性还是让我以万分的注意力学习每一个细节，因为一旦有闪失，不但不能好好帮助病患，自己也将成为团队的负担，也会让家人忧心。短短的几个小时的穿防护服训练，我已能感觉到工作的不易。防护服的密闭性让我稍微活动就浑身出汗，护目镜也凝聚了雾气，久了还形成水珠；戴着两层手套，手指和触觉也没有平时的灵敏；N95口罩让我感觉缺氧，缺氧的感觉又让我心跳加速及冒汗，并且N95口罩的绳子勒得我的脸及耳朵发红且痛。我要努力克服防护装备带来的心理压力及技术操作障碍。防护服很紧缺，我需要调节饮食，因为要"迎接"长达8小时不吃不喝还有不断地出汗。我需要克服对陌生环境以及防控高压环境下的心理压力，以便任何时候都能以轻柔的微笑去面对患者。其实这些都没什么，只要武汉能好起来，只要武汉新型冠状病毒肺炎患者能尽快恢复身体健康，早日阖家团圆；只要武汉人民能畅快地呼吸新鲜空气，能顺利回到工作岗位，能回归平常生活的每一天，这点小困难那都不是事儿，加油吧！

（三）

时间来到2月14日，我第一天进入东西湖方舱医院上班。方舱医院对面就是金银潭医院。第一批患者是2月7日入舱的，他们都是轻症患者，能跟健康人一样生活，但他们是病毒携带者，需要隔离治疗以免传染给健康者。他们与家人完全隔离，家属也不能探望。进舱之前我在想，他们的生活用品怎么解决？他们御寒的衣服是否足够？14日中午12：00，我到达方舱医院，做好防护及至交接班，14：00开始进舱工作。当我进入方舱医院不久，我就知道我的担忧是多余的。患者都有很规律的活动时间、作息时间，很丰富的一日三餐，当然，精心的护理也是安排得妥妥的。早餐有牛奶、鸡蛋，还有炒面和粥，中午和晚饭有两荤两素或者三荤一素；床上有电热毯，冷了还有免费的羽绒服可以领，生活用品如毛巾、牙膏、牙刷等也是一应俱全，网络、充电设施也是免费提供。

我进舱的第一天有前行的同志带着我，然后我就自己慢慢摸索，与同志们相处很融洽。患者们十分礼貌，十分配合治疗。他们一直怀着感恩的心，“谢谢”是他们每一个人都经常挂在嘴上对我们说的话，看着他们的神情，我肯定这是发自内心的话语。有时，看见他们一空闲就躲在角落跟家人聊天报平安；有时，看见他们在一角偷偷抹眼泪。我的思绪不由得漫天飞：武汉是一座英雄的城市，这里的人们曾经自由自在地生活在明媚的阳光下，愉快地工作；这里的人们曾骄傲地接纳来自五湖四海的游人；这里有着让人赞叹的医疗服务；这里每10个人就有1个是来自全国、全世界的大学生；这里的人学为中国、为世界培养出了无数杰出的校友……然而疫情忽然降临，武汉封城，游人不再熙攘，车道停止了车水马龙，朋友不能相聚，生病的家人也得隔离，团圆饭吃不成了，聚会取消了，想见恋人也变得困难，甚至互相隔离治疗的亲人还不知道能不能再见……珍惜当下吧，珍惜每一次美好。感恩生活，感恩一切。加油吧！让悲伤化为力量，让力量去获得重生！让我们来唱《同一首歌》，因为我们终将会赢得这场战役！

阳光想渗透所有的语言
风儿把天下的事传说
鲜花曾告诉我你怎样走过
大地知道你心中的每一个角落
水千条山万座我们走过
每一次相逢和笑脸都彼此铭刻
在阳光灿烂欢乐的日子里
终于迎来今天这欢聚时刻
我们手拉手啊想说的太多

广东支援湖北医疗队
广东药科大学第二附属医院
区少荷
写于武汉客厅方舱医院
2020 年 2 月 24 日

逆行者

2月9日18:00，我与云浮市各区的同事组成的医疗队前往武汉支援。我记忆中的武汉，是樱花浪漫的城市，是温暖热闹的城市，但是此刻却是万众瞩目的城市。“使命必达”是我此刻的心情，面对疫情，我充满信心和力量。第一次来武汉，没有新鲜感和兴奋感，更多的是沉甸甸的责任！

在飞机上，我已热泪盈眶，面对全机307名去武汉支援的医护人员，机组人员通过机上广播说：“因为这次疫情，许多武汉市民亲人分隔两地。我们非常感谢你们站出来，去帮助武汉这个城市，对于武汉人民来说，你们是去雪中送炭，让我们一起高举国旗为武汉加油！为中国加油！我们一定会战胜疫情，你们也一定要平安归来，共贺凯旋而归。”听到机组人员对我们的感谢，我更加坚定了去武汉支援的决心，作为一名医护工作者，冲到一线帮助患者，我义不容辞。

很多人说，他们哪里是英雄，只不过是一些孩子穿上了战袍去跟死神抢人罢了！不管是73岁高龄的李兰娟院士，还是84岁高龄的钟南山院士，他们已经在第一时间赶赴武汉，我们为之动容并充满必胜的信心和力量。如果疫情是一场没有硝烟的战争，那么在一线的每一位医护人员都是战士。我们抵达住宿的酒店已是晚上9点多，酒店的工作人员还给我们准备了方便面，在物资贫乏的时候，深夜的一碗方便面都能让我们感动万分。我们相互鼓励，相互支持，跟武汉说一声：晚安，别害怕，我们来了！

2月10日上午，医疗队在酒店内接受了应对新型冠状病毒肺炎防控岗前培训，内容主要包括院感、护理专业知识以及穿脱防护服，还有前辈分享战斗经验。这些知识点必须人人过关，容不下半点马虎，上阵前必须反复练习，不过关坚决不允许进入病房。面对病毒我们必须知己知彼才能百战百胜。此次新型冠状病毒感染的肺炎，传播强、速度快，是一个“劲敌”。病毒看不见摸不着，我们必须要做好前期所有的准备工作，保护好自己。我们在自己的房间也划分了污染区、半污染区和清洁区，在污染区脱掉外衣和鞋子后，我们对房间进行彻底的消毒清洁，避免交叉感染。2月10日下午，我们积极响应组织安排，在会议室进行防护服穿脱演练。为了自己和“战友”的安全，为了帮助所有的新型冠状病毒肺炎患者，为更好地打赢这场无硝烟的仗，我们必须做好防护，每一道流程都必须反复练习和牢记，不容出错。保护好自己和他人，永远是医护工作的第一位。我们早已经忘记当初的害怕，眼前只有战胜“敌人”的信心和坚持，不忘初心，牢记使命，每一位队员都很努力，坚持训练到会场关灯为止。每天不断地演练和熟记，时间的指针不停地转动，今天是我来武汉的第四天了。武汉降温了，为了防止疫情传播，我们关了暖气，厚厚的保暖衣使我不感觉寒冷。透过酒店的玻璃窗上看着武汉的街景，这个城市如此美丽，疫情却让城市变得如此沉默。我相信所有奔赴在一线的医护人员，都有着共同的心愿：希望疫情早日散去，还武汉春意盎然、多彩缤纷！手机响起，是妈妈发来的信息，是那说了上千次的：“照顾好自己，保护好自己，一定要平安回家。”很简单的话语、很温暖的叮咛、很坚定的信任。

我是团队里年龄最小的，我知道家人很担心我，可是他们却很支持我。我更加知道，这份支持里满含泪水与担心。但是我不怕，跟随着专业的团队，我有勇气有信心，大家都夸我年纪小小但像战士一样勇敢。可是，谁不是一样呢？有国才有家，一点绵薄之力，我也可以做到的。

2月13日晚上，我收到信息说明天要入舱上班了。为了更好地做好自我防护，按照要求，医疗队的女生要剪短发。爱美之心人人有之，我也像其他爱美的女孩一样，一直留着长发，在抗疫一线工作，为了避免感染，需戴隔离帽，还要穿隔离衣、防护服，长发容易残留病毒，所以我把长发剪掉了。我一点都不后悔，三千发丝也抵不过一个病患的笑容。

来武汉第五天，我们终于要上战场了！因为患者数量多，医院床位紧缺，我们要去的医院是在武汉国际会展中心临时搭建起来的东西湖区武汉客厅方舱医院。我们都在时刻准备着，每天睡前都在等排班，因为特殊情况，排班会随时发放。终于这一天到了，我们勇敢地走上战场。有的人说困难很狡猾，你越是躲避它，它就越是肆无忌惮，但是当你真的直面它的时候，它反而越害怕你。所以当我们真的走上战场的那一刻，心情紧张的同时也透露着一丝轻松。我们现时的任务就是做好入舱的所有准备，每天都在紧张地训练，都在部署各种各样的护理工作和院感工作。根据排班安排，今天我们队共13人进舱，由于驻地与医院距离较远，车程约20分钟，我们需提前一个半小时从驻地出发。武汉的气温这几天不断下降，出了酒店不禁打了个寒战。天气虽然寒冷，但挡不住我们上班的热情。出发前我们拍了照片留念，我们组有13个人，来自茂名、云浮、罗定，还有一名山东的同事。跟着团队出发，我由衷地感受到踏实和肩上的责任。到达了客厅方舱医院大门口，大家怀着紧张又激动的心情有序地往里走，里面有我们需要照顾的患者，有需要我们帮助的医疗团队。我们不仅仅要照顾好病患的身体，同时也需要缓解他们的忧虑，让他们身心得以康复。

虽然刚入舱时发生了小插曲，但并不影响我们工作的心情和积极性。我们与上组医疗队交接班后，就展开了当天的工作。我需要管理的患者数是 48 人，责任制优质护理是无论到哪里都必须落实执行的，我们各自分好工按照自己的岗位职责积极进行工作。刚开始难度确实有点大，因为我们的团队来自各个地区，大家都是上班才碰的面，而且接管的病区病友还是比较多的，难度大、不熟悉的环境、陌生的医院、高强度的工作，但是我们没有被眼前的困难吓倒。刚开始，穿好“战衣”进舱不久，我就有点缺氧了，但是慢慢调整后就适应过来，马上展开了工作。我们病区没有任何人的带领和指引，13 个组员就是自己的专业指导老师，用最快速度熟悉环境、摸清工作流程，大家都很快进入角色，开展工作，顺利完成了任务。逐渐地，在这里我感觉就像在我们原来的医院里上班一样，像往常一样交接班、床边查房，跟大家打声招呼，并介绍自己来自广东。武汉人民很友好，也很热情，当我一进门说出大家好，他们都微笑点头或者大声回应。有些人还即刻拿出手机为我们留下工作中珍贵的一刻。路过一个阿叔的床旁，他问我从哪里来的？我说我从广东来的，你有什么需要尽管跟我说。他说：“我们这里太冷了，明天可能下雪的，你们从南方过来，一定要注意保暖，不要感冒了，你们那么辛苦，一定要照顾好自己。”顿时觉得无比温暖，任何困难都不算什么！虽然我穿着防护服，但可以通过眼神、肢体和语言，让患者感受到我的关心，让他们明白我们会一直坚守和陪伴在他们身旁。正是这些不厌其烦的安慰和鼓励，给患者增添了战胜疾病的信心。上班之后才知道今天是情人节，舱内很多夫妻、情侣，我们都在为他们加油打气，一起唱歌一起跳舞，疫战之后，希望有情人终成眷属！这样友好温暖的场面，让我们感觉像在一个平常的病房里，大家相互照应，忘记恐慌。

由于隔离需要，患者想要任何东西都要求助于护士，哪怕是一条手机充电线、一瓶牛奶，护士除了完成本职工作，同时还要充当护工和保洁员的角色，为患者送饭、打水、清理生活垃圾，还要负责患者的心理疏导、疾病知识的宣教、病房的消毒等。

时间过得真快，不知不觉已经到交接班的时间了，这一天下来，受益匪浅，跟着同队的前辈学到很多，也有很多感触。交完班后，已经是晚上 9 点。

我们每天是医院驻地两点一线的生活，武汉的爱心人士，每天都会给奋斗在一线的医务人员送水果和牛奶等，爱心车队也会来接送医务人员上下班，这让我们倍感暖心！短短几日，这一场战“疫”，让我们感受到了生命是如此的脆弱，守护他们的健康是我们的责任，我们的职责就是治病救人，我们都希望这场战“疫”能早日结束！

是的，疫情终会结束，春天也会到来，因为这是全国人民共同的心愿。等疫情结束后，我想去武汉长江大桥，去武汉大学看樱花盛开，去巷子那头吃一碗热干面……有你、有我、有大家，我们就一定能够胜利。武汉加油，中国加油！

广东支援湖北医疗队

云浮市云城区人民医院

张婉怡

写于武汉客厅方舱医院

2020 年 2 月 23 日

“国家有需要，该去就去”

接到任务，没有过多的儿女情长，你们迅速准备，赶赴武汉，即刻投入到一线救治工作中。多年的工作经验让你们很快调整好心态，适应新的工作环境。即使工作强度很大，你们也能集中精力，努力配合，圆满完成。换完班，脱下防护服，你变回儿子 / 女儿，丈夫 / 妻子，父亲 / 母亲，看着视频中老人泪眼嘱咐，孩子童稚的安慰和朋友的担心，你更感觉到你的重要。我们的国家需要你，这所城市需要你，就像你的家人需要你一样。

犹记与支援襄阳的季小小同学视频通话时的对话，小小同学说没去襄阳之前她不理解前辈所说的“有些事，总要有人去做”的说法，直到她加入这场疫情阻击战的队伍，走向最前线，深切感受到一线工作者的责任与担当，才深刻地明白这句话的含义，也更明白自己的责任。

于我而言，其实更简单，不过是父亲的传承而已。记忆中，只要父亲在家，每晚 7 点的中央电视台新闻联播是必不能错过的，即便是网络发达到今天的程度，老头儿依旧乐此不彼，他说：“我总要知道国家和世界每天都发生了什么事。”父亲这辈人的一生都是在默默奉献，任劳任怨，始终如一地爱党爱国。对于这次武汉之行，不同于母亲的担忧、兄嫂的惦念，父亲的嘱咐很简洁，“国家有需要，该去就去”，这份坦然平复了我所有的不安。

我们身后有伟大的祖国做后盾，有宁夏医科大学总医院各位领导和全体同事的大力支持，即使前方艰难险阻，我们也会坚持走下去，并且一定会成功！

宁夏支援湖北医疗队

虎倩

写于武汉客厅方舱医院

2020 年 2 月 24 日

直击现场 2

镜头里的方舱记忆

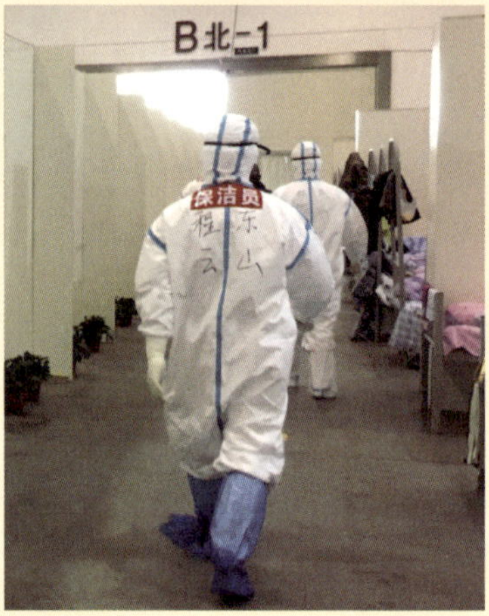

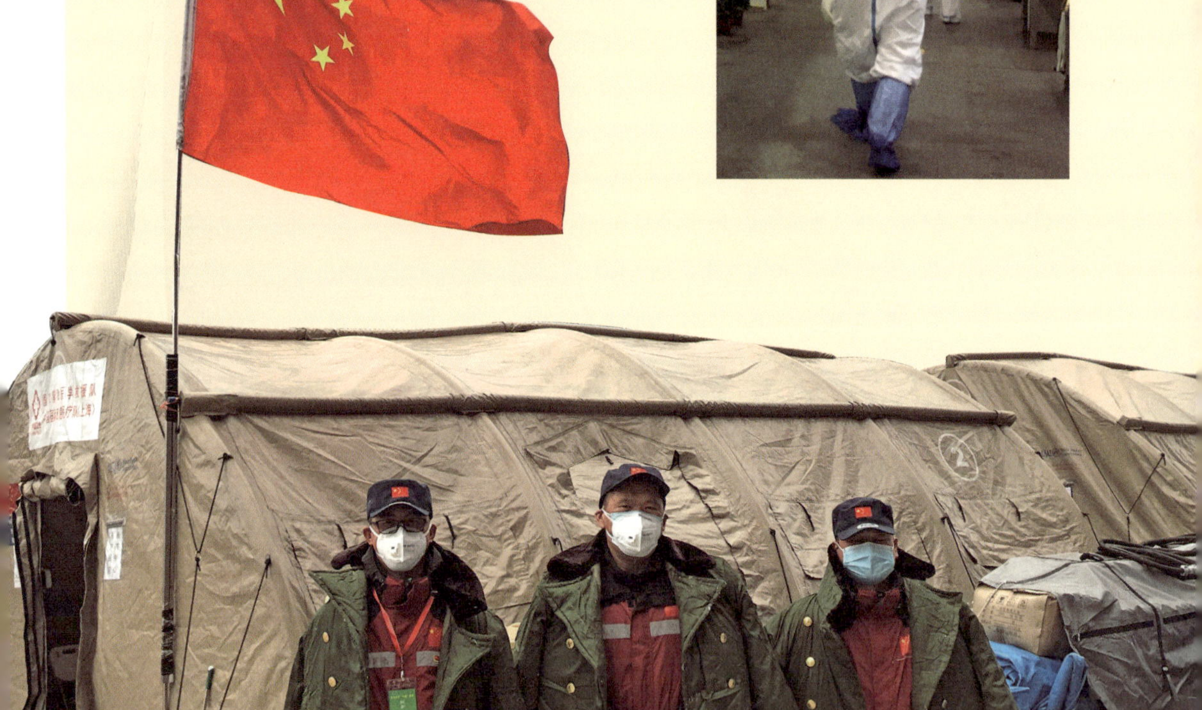

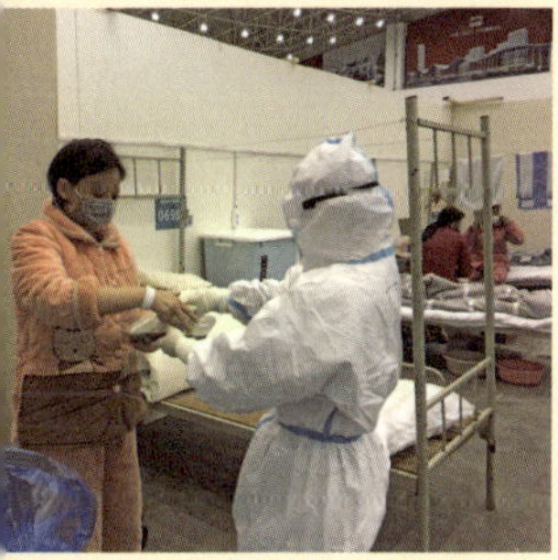

岁月不居时节如流
愿你的未来
继续努力奔跑
做个追梦人

A3
递一份爱心
献一片真情

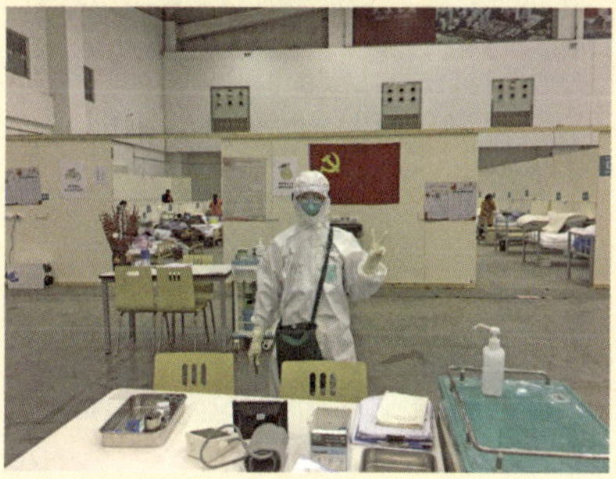

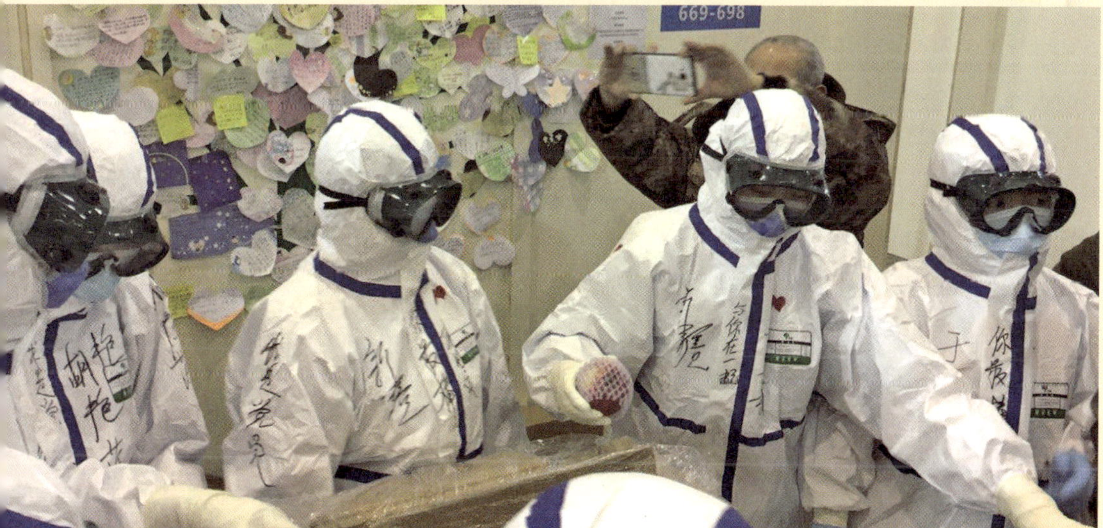
669-698

做你最暖的“大白”

2020年2月11日，我第二次进入方舱医院。再进方舱医院，内心少了些紧张和焦虑，取而代之的是内心的平静和淡定。今天下午，我院医务人员组织大家举办了读书交流会。其中有一位稍长我几岁者，叙说自己在新型冠状病毒肺炎疫情肆虐期间先后失去了父亲、母亲，同时自己也不幸感染。所有在场人员无不潸然泪下，他自己也泣不成声。虽然痛失双亲，并且自己也深受病毒的折磨，但是，他依然很乐观。对战胜病毒充满信心。在来方舱医院之前，他在金银潭医院监护室住了一段时间，经过医务人员精心照料，加上坚持和病毒作斗争，终于从鬼门关走了出来。

还有一位大姐，情绪很激动，三番五次对所有的医务工作者表示感谢，还说希望大家把方舱医院当自己的家，有困难大家一起想办法，能自己解决的生活问题，尽量不给我们添麻烦。从事护理工作多年，一直对自己的职业抱怀疑态度，一直不确定自己真的选对职业了吗？大学真的报对专业了吗？在这一刻，我深切地感受到，自己作为医务工作者的价值，同时也为能成为医务工作者而自豪。

自从来到武汉，我泪点很低，总是忍不住掉眼泪。刚来武汉第一天，我和另外一个同事出去买酒精，药店老板知道我们是从上海过来的医务人员，非要免费送我们酒精，还一直对我们说感谢。后来在我们再三坚持下，才以买一送一的形式收了酒精钱。今天在方舱医院，同样可爱的武汉人又戳中我的泪点。他们和我们同样穿大白衣服，但是，他们不是医务工作者，他们是社区志愿者，他们是基层共产党员，他们自发到方舱医院为战胜新型冠状病毒肺炎奉献自己的力量。他们说，你们现在来保护武汉，等武汉恢复了，你们一定要再来武汉，我们一定好好接待你们，让你们能够感受到武汉的美。里面还有人民警察，他们也都是自发主动报名到方舱医院来维持医院的秩序，保护方舱医院人员的安全。他们虽然家就在东西湖区，但是为了保护家人，也都住在宾馆里。他们说，武汉要把最好的条件给你们援鄂的医务人员，所以他们自己都是住在快捷宾馆，虽然条件差，但是很安心，他们也是共产党员。

共产党员起先进带头作用，绝对不仅仅是一句口号，而是无数个共产党员亲力亲为的写照。我希望能像这些优秀的人靠拢，希望能成为他们中的一员，像他们一样发光发热。

很喜欢现在网上传的一篇文章：乙亥年，庚子春，荆楚大疫，染者数万，众惶恐，举国防，皆闭户，南山镇守江南郡，率白衣郎中数万抗之，且九州一心，月余，疫尽去，国泰民安。

期盼着所有的“大白”们都平安无恙，我们能早日凯旋。希望大家能早日摘了口罩，亲切地问一声：吃了吗？咋吃的？然后给对方一个握手和拥抱。外面阳光正好，冬天快走了，春天还会远吗？

上海支援湖北医疗队

中国国际应急医疗队队员　入党积极分子

李　慧

写于武汉客厅方舱医院

2020 年 2 月 12 日

再黑的夜，都会迎来黎明

今天是2020年2月17日，阳光明媚，风和日丽！是我驰援武汉的第九天了。

今天上班一进舱，我就到那个挂念我的大爷那儿去了，大爷一眼就认出我来。

“啊，是小孟啊，怎么这几天没见你啊？还以为你撤走了呢！”

“大爷，我这几天休班了，这不今天来了！”

“嗯嗯，行，山东的小孟，真棒！”

那是进舱的第一天，2月9日。那天武汉客厅方舱医院开始收治患者，我们一进去就明确了分工，我负责接待刚收入的患者，然后带着发的生活用品把患者送到床位。这时我看到排队登记入院的一位大爷，当时手挎着很多的生活用品，看着他很疲惫，而且加上我们繁琐的住院流程，他的情绪有点烦躁。我走过去帮他拿行李，紧接着安慰大爷：“大爷，咱慢慢等等，很快就轮到咱了，您别着急。”大爷有点不耐烦了，“都站了一上午了，还没有床位！”过了一会，大爷的手续办完了，我帮他提着生活物品，来到他的床位边，结果发现，那个床位上有人了。大爷又有点生气，“怎么回事，这是……”“大爷您别着急，我去给您查查，你先别动，在这儿等我。”我赶紧跑到护士站，原来有个患者自己调了床位。我就陪着大爷拿着所有的生活用品，搬到了一个新床位。这时大爷的情绪稳定些了，我又去护士站拿了方便面和牛奶给大爷，这时候我看到大爷仔细看了看我的隔离衣，说："孟力维，小孟啊，山东的小孟，真好啊！"

自此，每逢我上班，大爷就过来跟我打招呼，过来跟我唠上几句。因为那几天我们工作调整，我休息了3天，大爷可能一直没见到我上班，就问了当天护士，"小孟上哪儿了，小孟咋没来"，所以才有了文章的开始！

自从武汉新型冠状病毒肺炎疫情暴发后，全国各地的医护人员纷纷来到武汉，可谓一方有难八方支援，积极奋战在疫情防控的第一线，众志成城，抗击疫情，全心全意救治帮助病患，为打赢这次疫情防控阻击战贡献力量！武汉市委书记王忠林说过："把患者当作自己的兄弟姐妹，当作自己的父母亲人。"因为我们是相亲相爱的一家人。

阳光总在风雨后。无论我们遇到多大的困难和挫折，无论我们忍受多大的痛苦和折磨，只要有信心、有耐心、有决心，再黑的夜都会迎来黎明，再重的疫情总会过去！

山东第四批援鄂医疗队

孟力维

写于武汉客厅方舱医院

2020年2月25日

为爱逆行，我们在武汉方舱

2 月 4 日 14：25，当我得知医院接到了宁夏回族自治区卫健委组建第二批医护队支援湖北的消息后，我立即报名参加，随后得知医院的护士姐妹们都争先恐后报名，不到半小时名额已满。由于时间紧急，18：00 集合，大家要乘 21：00 的飞机前往湖北。于是，我赶紧与同事交待了科室的工作，跑回家简单收拾好行李，匆匆与家人告别。谁知临出门的时候，我那三岁十个月大的女儿小糖果，平时乖巧懂事，每次上班前她都会说："妈妈，再见。"可那天不知怎么了，当我抱起她，与她说再见的时候，她的小脸上眼泪哗啦啦的，还一把搂住我的脖子说："妈妈，我不让你走。"听她这样说，向来勇敢的我也禁不住泪流满面。我在想，小小的孩子能懂什么呢？难道她知道妈妈要去危险的地方吗？时间太紧，顾不得多抱幼小的女儿一阵，我亲吻着她的额头和小脸，告诉她要听话，然后硬是把她的一双小手从我的脖子上拿下来，把她塞给家人，提上行李转身往外跑。此刻，我心里想：我的宝贝，妈妈唯一能做的就是能够成为你学习的榜样。因为作为一名共产党员、作为一名护士，特别是一名急诊科的护士，我没有豪言壮语，只有实际行动，因为我有责任、有义务，前往湖北支援。

到达武汉以来，我们支援湖北的医疗工作开展顺利，所有队员身体健康，情绪高涨，斗志昂扬。经过5天紧张而有序的培训，姐妹们认真练习，一遍遍洗手、一遍遍穿脱防护服，为的就是减少被感染的概率。为了让大家更好地掌握，宁夏医科大学附属医院的老师不厌其烦做演示，详细讲解，甚至细致到身体应该是前倾还是后仰，都讲得非常清楚。大家分组练习，拍视频、讲要领、强化训练，最终大家熟练掌握了防护服的穿脱方法，目的就是为了保护好自己、保护好战友，做到零感染、打胜仗。

姐妹们心爱的长发全部剪成了短发，并剃掉了鬓角和后脑勺的头发，不让一丝碎发掉下来，尽可能不让一根头发被感染。加强防护，减少隐患，一旦有人被感染，那我们就是打了败仗，给武汉和国家带来麻烦，还连累其他战友。

2月9日下午14:25，接到晚上要进“舱”的通知，队员们的心情既兴奋又有点胆怯。当晚是我们进入方舱医院的第一个班，工作时间为凌晨3:00到早上9:00。做好一切准备工作后，我们抓紧时间休息，凌晨0:30被闹钟叫醒，快速洗漱完毕，凌晨1:20我们整装出发，大家精神抖擞。

武汉的夜是多么寂静，只有数得过来的接送车辆和救护车，寂静得让人不敢相信。以前热闹非凡的街道，今晚却只有我们行走在这空寂的道路上，我们就像一支“夜行军”，为了我们的使命勇敢前进。来到方舱医院，我们换好防护服后进入“舱”内，开始了我们第一个夜班的战斗。看到病区的患者，我在心里暗暗告诉自己，这就是我们的战场，我们每一个人必须打起精神，打赢这场疫情攻坚战，让我们的同胞早日康复，与家人团聚!

忙碌中，时间过得很快，转眼间早上9:00了，交完班，大家陆续出“舱”，出来后已是中午12:00。大半夜的忙碌，让姐妹们个个脸色憔悴，说话也无精打采，脸颊、额头、耳朵被口罩、帽子、护目镜压出了一道道深深的印痕，真是叫人心疼不已。我们互相看着，忍不住笑起来。即便如此，我们也不会后悔，我们知道自己肩上的责任，为治病救人，我们的付出是值得的。我们一定不辱使命，尽我们每个人最大的力量，共同抗击疫情，相信胜利不会太远。

胡丽红是我院护理部副主任，也是我们这次出征的队长。2月9日下午，她被抽调出去与其他几位主任和护士长提前进入方舱医院，安排我们后续的护理工作，回来已是晚上22:00了，晚饭都没顾上吃，又叮嘱我们一定要保护好自己，做好个人防护。

本来那天晚上她可以不进“舱”的，队友们也纷纷劝说：“主任，你辛苦一下午了，晚上回来又这么晚，已经很累了，就别和我们一起进去，好好休息吧。”她果断地说：“不行，再累我也得和你们一起进去，我把你们9个人一起带出来的，你们在哪里我就在哪里，和你们在一起，我才能安心，我必须把你们每一个人安全地带回去，我不累，我能行。”听到这样的话，我们都沉默了，我默默地为我们大家加油打气。有这样一个无私奉献的好队长，我们怎么能掉队呢？在这场没有硝烟的战斗中，我们一定要克服一切困难，团结一致，努力完成任务。

一场飘洒的雨后，武汉的空气变得很清新，晴天的阳光充满温馨。

今天和往常一样，通勤车已在楼下等待了，姐妹们早起洗漱完毕，吃完早餐，全部武装整齐后乘坐通勤车前往隔离“舱”开始一天的工作。到更衣室和往常一样，帽子、口罩、护目镜、隔离衣、防护服 、鞋套，一层层开始穿，但比前几日熟练，速度快了许多。穿着这身战袍，今天进舱后不到一小时我就觉得头痛、头晕、呼吸困难、恶心反胃厉害，层层防护又不能在舱内摘下口罩，因为一旦摘下口罩就会被污染。这时，感觉胃内食物已涌上嗓子眼，我站起来深吸了一口气，缓了一会儿，才感觉舒服了许多。虽然筋疲力尽，贴身的衣服已被汗水湿透，但为了减少防护服的浪费，我必须坚持。

还记得第一次进舱接班的时候，交班老师叮嘱我：与患者少说话，尽量说“是”或者“不是”，这让我更加害怕。当患者咳嗽的时候，我的第一反应就是快速后退两步，心里想着患者要离我远一点，好像被患者一碰我就会感染似的，那一夜都是在害怕和紧张中度过的。经过几次进“舱”后，通过和患者的接触交流，我发现这些患者眼神里流露着对生的渴望，这些患者都是这么善良、这么可爱，他们只是一个个患者，而不是一个个病毒，只要我做好防护，就再也不害怕了。

今天我上登记班，接班后，有位阿姨来找我测量血压，问我：“小姑娘，你多大了？你们不是本地人吧？”我说：“嗯，我们是宁夏医疗队的。”阿姨就说：“你们宁夏医疗队真的太伟大了，感谢你们千里迢迢来帮助我们。虽然听不太懂你们说话的口音，每天看到你们为我们忙前忙后、嘘寒问暖，我们真的很感动，谢谢你们。等阿姨病好了，你们下次来武汉不是来帮助我们，而是来旅游的，到时候，阿姨打扮得漂漂亮亮的，开车去接你们到我家做客。”听到这话，我的眼眶湿润了，多么朴实的话语，我的心里满满是感动。本来每天的工作强度就很大，再加上穿的防护服又不透气，护目镜工作久了就会出现一团雾气，整个人又热又闷，但听到阿姨的一番话，就觉得我们的付出是值得的。如果我们的付出能换来武汉人民的健康，再苦再累都是值得的！

在这里工作的每一天都很有意义，虽然防护服穿起来很累、很难受，但是为爱逆行，防护服隔离了病毒，却隔离不了人与人之间的真情，隔离不了宁夏与武汉的友谊。坚信，我们齐心协力，就一定能打赢这场没有硝烟的战争，还人民以健康。

宁夏支援湖北医疗队

青铜峡市人民医院急诊科

樊　瑞

写于武汉客厅方舱医院

2020 年 2 月 26 日

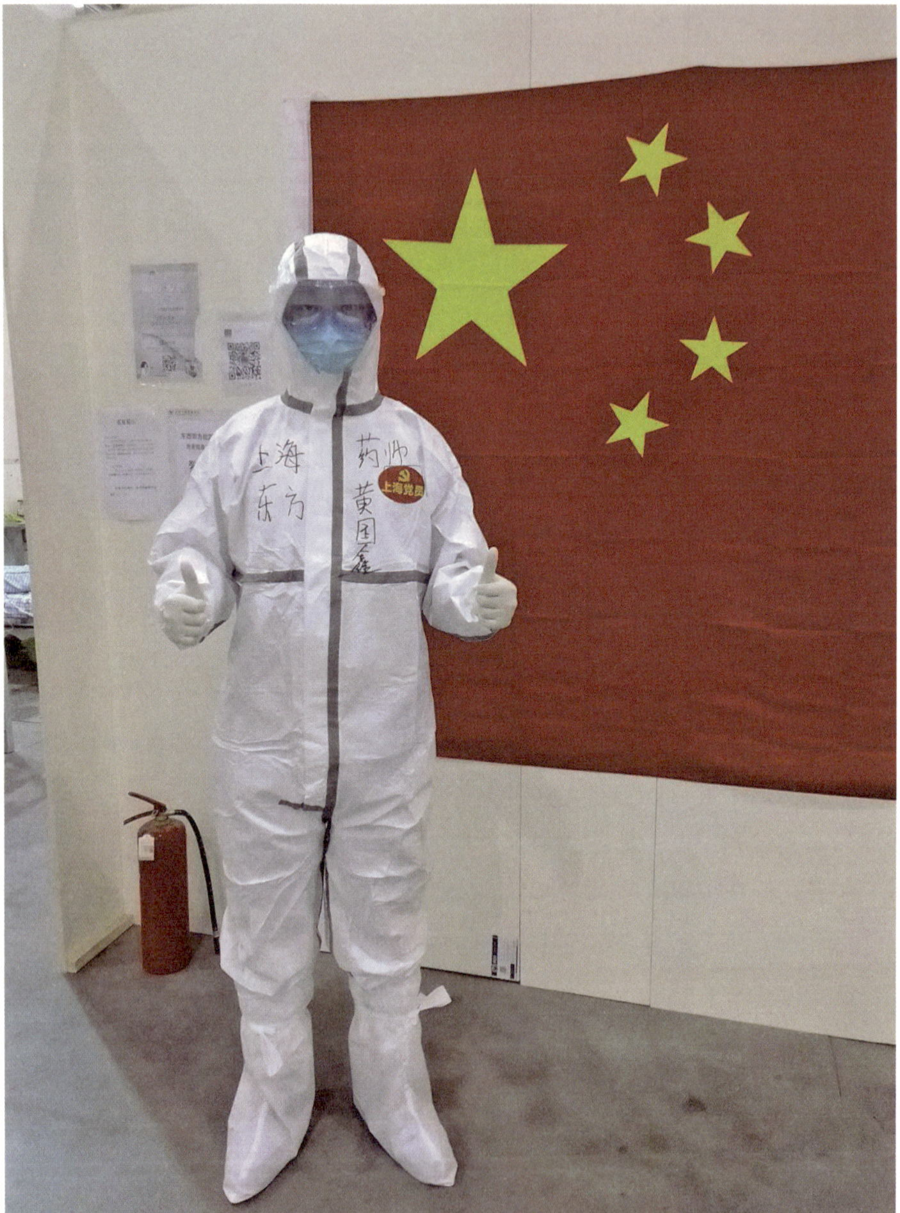
上海
东方
药师
黄国鑫
上海党员

细节决定成败

我是宁夏第二批援助武汉医疗队，护理组第三组的成员，我们组由 12 人组成，其中包括青铜峡市人民医院的 10 名老师、盐池县中医院的王宁老师和医科大学总医院急诊科马海涛老师，马老师也是我们这组的护士长，责任很重呀。他也是我们这一组唯一的一位男老师，也可以说是我们的护花使者。

进舱这一个多星期以来，护士长和胡丽红主任对我们的工作严格要求，每次进舱都要叮嘱我们一定要做好个人防护，像两个“管家婆”一样，不厌其烦地叮嘱着每件事情。上下班的路上我们偶尔也和马老师开开玩笑，说一些俏皮话，逗大家开心来缓解工作中的压力。

群里已经发了下一周的排班表，下班回家的路上，护士长看了一下排班表说：下一周我和胡丽红主任不用进舱上班，要在舱外做护目镜的消毒工作，大家听了就你一句我一句地说着一些关心的话，无论在哪个岗位，工作中一定都要做好防护等。马老师开玩笑地说：“哎！你俩狠心呀，竟然把我们 10 个人给抛弃了。”大家听了哈哈大笑！

2 月 21 日，天气，阴，今天是我来武汉第 17 天，也是我做消毒工作的第三个班，早晨 6：30 起床，洗漱完毕，吃完早餐，7：30准时和其他几位队友乘车来到方舱医院，穿好隔离服，协助其他几位队友穿防护服，进舱的一切防护工作准备就绪后，她们进舱开始了今天的舱内工作。

我和盐池县中医院杨润华老师，也开始了我们今天的消毒工作。虽然在舱外工作不用穿防护服，但是个人防护也一定要做好。护目镜的消毒也要严格按照消毒流程操作，每一步都不能马虎！喷洒—消毒液浸泡—清水浸泡—流动水冲洗—晾晒，等等。由于消毒室空间比较狭小，我和杨老师把一百多个护目镜清洗干净后就已经满头大汗。这时太阳公公出来了，露出了它那笑眯眯的脸！大约中午13：00，我们俩才把今天早晨的消毒工作顺利地完成，虽然也很辛苦，但是我看到清洗干净的护目镜摆得整整齐齐，沐浴着阳光的温暖，心里有一种成就感。

消毒工作看似简单，但这也是做好自我防护关键的一步。如果我们消毒工作不达标，那么就会增加我们进舱队友感染的风险。所以我们无论在哪个岗位工作都要做到耐心、细心！

细节决定成败！

宁夏支援湖北医疗队
青铜峡市人民医院
伍振娟
写于武汉客厅方舱医院
2020年2月26日

抗击疫情是大考，风雨磨砺真本领

算算日子，从 2 月 4 日晚抵达武汉到现在已经过去整整一周时间了。心理上经历了从出发前的激动慌张到抵达时的忐忑压抑再到现在的平稳自信，我明显感觉到了自己身心的成长，也更加坚定了自己援鄂的选择，这必将成为我生命中一段宝贵的经历。

当我看到一批批医护工作者和社会各界人士源源不断地加入抗疫一线时，作为一名医护人员的使命感让我无法坐观其成。我决定我必须要做点什么，国难当前，我必须要奉献出自己的一份力，所以我毫不犹豫地在医院报名支援武汉。

2 月 8 日，我在武汉度过了一个很有意义的元宵节，虽然没有家人的陪伴，但每个人脸上洋溢着幸福的笑容。队友们在队里党员的带领下，互帮互助，团结一致，他们充分体现了作为一名共产党员冲在最前面，不怕苦不怕累、甘于奉献的精神。也正是在那几天的共同工作中，让我坚定了自己要成为一名共产党员的决心。2 月 9 日是我第一次全副武装进入东西湖方舱医院，进入后看到的景象并不是我想象中那样的“龙潭虎穴”，给我的感觉就像回到了上学时集体宿舍。患者之间也有说有笑，各自做着自己的事，有的阿姨甚至自行聚集在空旷的地方跳起了广场舞，眼前的这一幕彻底颠覆了我对方舱医院的认知。从他们身上我完全看不到新型冠状病毒的可怕，当我看到病区墙上每隔一段距离挂着的国旗和党旗时，我想肯定是党和政府给了他们战胜病魔的信心和力量。但我不会被表面的平静所迷惑，看不到的病毒更可怕，我也并不会因此掉以轻心，反而会更加谨慎小心，时刻注意防护。

我想，抗击疫情是大考，时刻考验着党员干部的政治品质和能力，更是一场看不到硝烟的战役。只有在风雨中通过大考验，磨砺真本领，才能激发新作为。

上海支援湖北医疗队

中国国际应急医疗队队员　入党积极分子

晏晓坤

写于武汉客厅方舱医院

2020 年 2 月 12 日

你我同心，战“疫”必胜

在湖北疫情爆发的危急关头，许多医护工作人员逆流而上，纷纷奔赴湖北抗疫前线，与疫魔进行殊死搏斗。国家紧急医学救援队（新疆生产建设兵团）需要医务人员奔赴前线时，作为呼吸科负责人的我第一时间向组织请缨。

得到组织的允许后，我跟随国家紧急医学救援队（新疆生产建设兵团）于2020年2月5日凌晨3：00抵达武汉，此次我们的“战场”是武汉客厅方舱医院。方舱医院，意为战场、灾区的战地医院，由武汉市政府在两日之内争分夺秒建成，共收治将近两千名轻症患者。

作为医疗组组长的我在到达方舱医院后深知自己肩上的重任，了解相关工作流程后便立刻投入到“战斗”中。我们属于防疫前线，工作时要穿着防护服，戴着护目镜、口罩与面屏，6个小时内不能进食、饮水；为了节约防护物资，上班前穿上纸尿裤以免因为内急而再更换一套防护服。长时间的工作，口罩与护目镜会压得面部、耳朵有深深的勒痕，更有甚者，导致皮肤溃烂，增加感染风险；不透风的防护服一活动就出汗，一停下来就感到湿冷，即使在这样的工作条件下，我们也不能松懈。

当然在方舱医院工作，也是对自己管理水平和业务能力、应变能力的挑战。由于医院收治患者的容量较大，每个医生管的患者人数也比平时多很多，如何在短时间内了解、熟悉患者病情及心理状态，一开始大家心里都没底。后来大家在实践中不断总结及修正，逐步形成了完整合理的管理流程，尤其是在如何避免重复检查核酸和肺CT检查方面有了很大的改善，节省了有限的医疗资源。

方舱医院负责收治轻症新型冠状病毒肺炎患者。很多轻症患者面对周围都是感染者这一大环境，出现心态崩溃、紧张、焦虑、恐慌的情绪，对生活没有信心。如果患者长期处于这种状态，只会加重病情的发展。

为了给患者传递积极向上的气氛，在救援队党委的安排下，我带领医务工作者每人在胸前贴上了一张红底白字的纸贴，写着各种鼓励话语的纸贴在白色的防护服上，“勇气”“不怕”“信心”“希望”“坚强”，患者看到后表示很兴奋，纷纷在胸前贴上给自己鼓励的话语，在粘纸贴的过程中，我发现患者与医护人员的感情在递增，也更加配合治疗了。这是个好现象。

每次查房时，我都会认真地给每一位患者分析病情，以解除他们对自己患病的恐慌，详细地给他们制订治疗方案。除了身体上的治疗，我更注重在精神上给他们鼓励。有句话说得好“有时去治愈，常常去帮助，总是去安慰”。我会经常鼓励他们，建议他们多下床活动，根据自身的身体状态进行轻微的运动，比如跳广场舞，练习太极拳、瑜伽等养生功法，强身健体的同时，提高机体免疫力，达到优化治疗的目的。

对一些感到有呼吸不畅、胸闷症状的患者，要帮助他们树立战胜疾病的信心，同时可以教他们做呼吸操进行呼吸训练，很多患者是能够感受到医生同他们一起在“战斗”的。当患者核酸检测阴性，达到出院标准对我们说“谢谢”时，那一刻医生的荣誉感油然而生，没有什么比这更幸福，我觉得我这一辈子值了！

由于方舱医院中都是来自全国各地不同医院的医护人员，在工作中需要相互磨合、密切配合，令我感动的是，我们大家用不同的方式相互包容、相互帮助，默契地值完了一个又一个班。最后用同心战“疫”来表达我们武汉客厅方舱医院B舱战友们此时的心声吧！

新疆生产建设兵团支援湖北医疗队

石河子大学医学院第一附属医院

张中宏

写于武汉客厅方舱医院

2020年2月20日

直击现场

镜头里的方舱记忆

3

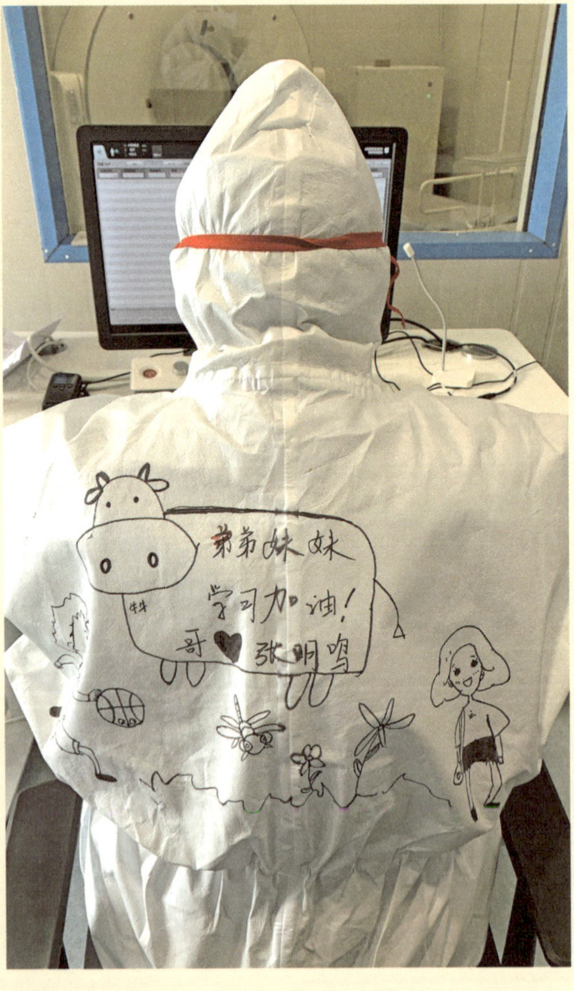

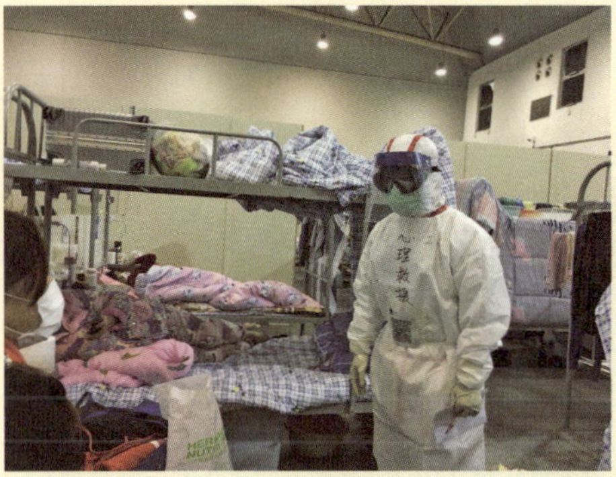

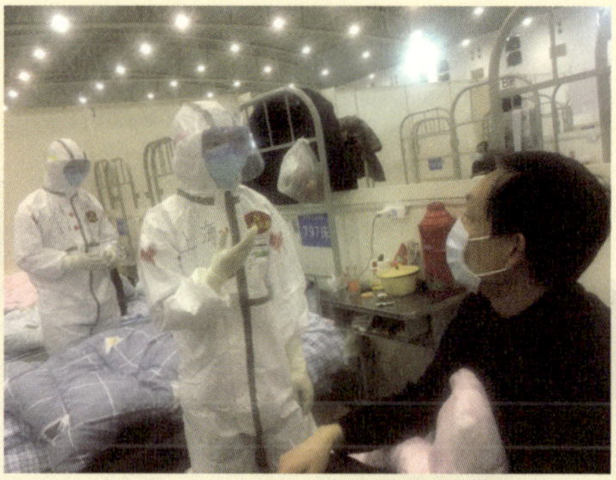

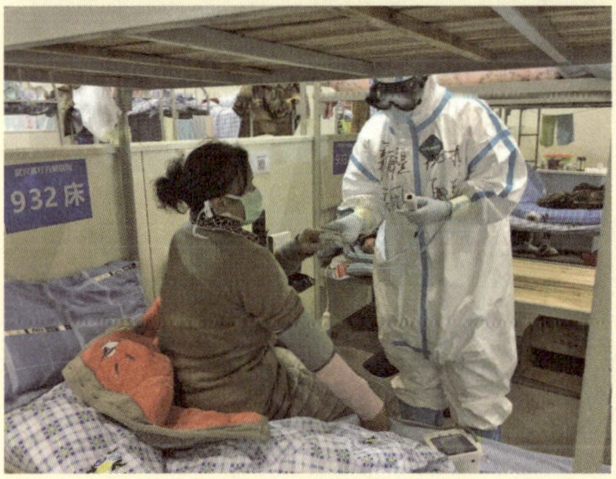
932床

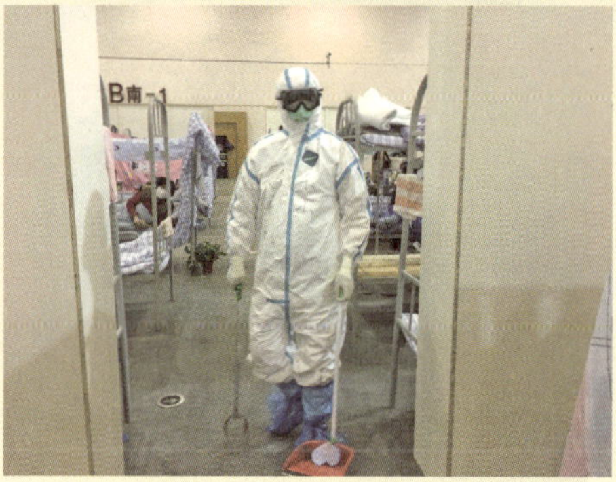
B南-1

直播LIVE
上海东方医院国家紧急医学救援队副队长 王韬
武汉“帐篷医院”相关设备正在调试 即将开展医务工作

“万众一心，众志成城”
——方舱医院物资设备管理心得体会

自2月4日我院国家紧急医学救援队暨中国国际应急医疗队（上海）驰援武汉以来，作为队里物资设备的管理人，我时时刻刻将各位队员的防护安全、生活物资需求放在首位。在紧缺防护物资的背景下，积极与后方补给配合，同时合理管控，保障一线队友在武汉可以无后顾之忧地投入到抗击新型冠状病毒肺炎疫情的工作中去。

虽说此次出征支援物资设备尽可能充分准备到位，但到达后由于实际工作内容、方式有所改变，有些打乱了我们的战略部署。尽管如此，这些摆在眼前的问题难不倒我们这支具有顽强坚毅精神的队伍。

作为首支通过WHO认证的Ⅱ类国际应急医疗救援队，我们拿出看家本领：移动医院营地搭建！各位队员各司其职，谁都没有闲着：有的后勤队员娴熟地操作多功能工程叉车将物资有条不紊地从集卡内卸载，这是我们队伍专属的宝贝，大家称之为“小蓝”；有的后勤队员将防滑手套、装配工具派发给各位队员；有的医护配合后勤队员们将卸下的物资分类摆放搭建。所有队员一起分工合作。

在雷撼院长的带领下，我们整建制53人队伍从中午一直奋战到晚上，8小时将武汉客厅方舱医院外一片空旷之地，变成了一家拥有100张病床的小型二甲医院。此时天色虽晚，我们这里却灯火通明，与马路对面的武汉市金银潭医院成为犄角之势，势必能抗击新型冠状病毒肺炎疫情！

综观整个过程，没有一个人抱怨过一句，也没有人躲在角落偷懒，这是多么难能可贵的精神啊！此时此刻看着大家，我不由心生感动，这就是东方工匠精神！我多么希望我能有一部摄像机，将每一位可爱的战友的点点滴滴全都记录下来，往后余生，再看看这些一同奋斗在抗疫前线的战友们，肯定会感到无比自豪与骄傲，因为我和这群最可爱的人一起战斗过。

在移动医院顺利搭建完成后，各个功能区域也随之完善到位。抗疫前线最缺乏的就是防护用品了，我连夜将队员所需的防护用品、补给品派发给每位队员，期间非常感谢雷院、孙队、王主任、徐指导、姜队、赵主任、高彩萍护士长和各位队员成立的楼组长、医生组、护理组、医技组、后勤组来配合我完成这项工作。我每天将物资设备进行规划统计，做到科学、合理地派发补充物资。

计划总赶不上变化。由于我们的移动医院帐篷实在太出色，经沟通协调：东西湖方舱医院先后征用我们11顶帐篷，作为临时指挥部来开展方舱医院的具体工作。本着抗疫一家人的心态，我们大方得体地在一起工作。此时此刻我们要特别感谢医院运营管理部在后方不断地提供尽可能多的物资，这才让我们在2月7日A舱正式开舱之时，向指挥部提供了100双鞋套，使得进舱工作得以顺利开展。

算算来武汉支援已经快20天了，日常的物资设备管理工作自然不在话下。感谢后勤队员们能够帮助我将各类支援物资搬运整理入库；后勤驾驶班每天接送队员们上下班，只为让大家出行有安全保障和尽可能多的休息时间；感谢大厨杜勇老师带着后勤队友们，隔三差五给我们做上一顿美味可口的家乡菜。期间遇到武汉的大雨、大雪让我们的移动医院帐篷经受了不小的考验，我们都顽强地挺过去了。至今整个移动医院23顶帐篷

（包含征用的 11 顶）的日常维护工作还是我们坚持在做，每天都有 4 位后勤老师 24 小时值班看守（2 位白班、2 位夜班）。

在这里我还是想重点介绍一下我们队伍这次出征的小宝贝："小蓝"。这辆多功能工程车可以说在这里如鱼得水，各类救援物资装备的腾转挪移都有它的身影；我们也经常带上小蓝帮其他医疗队装卸重物资。

感谢各位领导与队员们对我的信任，抗疫道路还很长，通过这次驰援武汉防疫工作，我的骨子里就有了"党员"这个名词，它不仅仅是孩提时代，老师描述的雷锋、焦裕禄、孔繁森的故事，而是身边一个个像他们这样的党员在自己岗位上为国家默默地奉献着自己的一切，甚至在大灾大难面前，可以为了人民的利益牺牲一切，正因为有这样千千万万的党员，支撑起了我们共和国的大厦。

在今后的工作当中，我一定以习近平总书记在中央"不忘初心、牢记使命"主题教育工作会议上提出的确切方向，贯彻新时代党的组织路线，以一个共产党员的标准严格要求自己，也希望各位队员可以平平安安一起坚持奋斗到胜利的那一天！

上海支援湖北医疗队
物资管理
周程辉
写于武汉客厅方舱医院
2020 年 2 月 23 日

我的抗疫日记

二月四日　晴

请战了那么多天的我们马上要赶赴武汉参加战斗，心情无比忐忑。前路漫长而又崎岖，十几辆装载了设备物资、生活保障物品的专业救援车辆在长达 900 千米的道路上快速飞驰，看着同志们信心满满，我坚信我们一定可以全部安全回来。去的路很长但很通畅，经过十几小时的奔驰，夜幕降临时，我们平安到达武汉。这次是经过演习和实战之后的一次检验，第二天在全队队员的高度配合下我们完成了二十几顶帐篷的搭建和布置。夜已经深了，汗已经干了，肚子早已饿了，但每个人脸上都洋溢着笑容，我们的移动帐篷医院完成了！面对我们的帐篷医院，左边是金银潭医院，右边是武汉客厅方舱医院，我知道以后的任务会更加严峻。领导连夜研究制订方案之后，我们的排班计划出来了，同志们马上就要进舱战斗了。

上海市东方医院　武汉客厅方舱医院后勤

蔡斌杰

写于武汉客厅方舱医院

2020 年 2 月 22 日

援鄂，我一生的骄傲

自 2019 年 11 月 27 日武汉发现第一例新型冠状病毒肺炎患者开始，新型冠状病毒就在武汉乃至全国蔓延，特别武汉是重中之重，并且被感染者和死亡人数一直在直线上升，在举国危难之际，作为一名中国国际应急医疗队（上海）的队员，有责任有义务赴前线救援，特此向队里提交了赴鄂请战书，奔赴前线支援武汉。

2020 年 2 月 3 日晚，我接到领导通知，配合领导协同后勤人员将移动医院后勤所有物资连夜装车，经过彻夜工作，虽然身体是疲惫的，但是斗志很昂扬。虽然我不是医务工作者，但我是一名退伍的老兵，我可以为我们的医务人员提供强大的后勤保障贡献力量的，此刻我很光荣，我骄傲我是一名中国国际应急医疗队（上海）的队员。来到这里可能是我这一生中最值得骄傲的事，抵达武汉后我服从领导的安排与其他后勤人员一起开始搭建移动医院和搬运物资。为尽可能地减少医务人员的体力消耗，我们都抢着把体力工作多做一点，好让医务人员的体力用在救治患者身上。正所谓好钢要用在刀刃上。在搭建移动医院的时候尽可能地不让他们帮忙，为他们节省体力，因为他们的体力需要用在救治患者上面。搭建帐篷和搬运物资的时候虽然很辛苦，一直干到晚上 23：00，但是我没有感觉到累，反而觉到全身都是力气。我挤出时间帮厨师杜勇打打下手，切切菜什么的，无论领导安排给我的大小事情，我都会保质保量地去完成。但是我觉得我做得还是不够多，所以我在休息的时候询问医护人员需要些什么？然后和各方捐赠者沟通，尽可能地给予医护人员最好的后勤保障。我和救援队的药师黄国鑫同志聊天时，他说从早上一直到晚上 9：00 多回来，穿着防护服不能吃喝东西，不能上厕所，下班回来才吃了一碗方便面。我觉得这不是一个人的体能能够坚持下来的，应该是所谓的一种坚持和毅力才能做到的，这是一种精神上的力量，我被他这种坚持和毅力所感动。还有我们队伍中的一名女护士袁刘远，因穿防护服所带来的困扰，她把漂亮的长发剪成了短发。还有其他医护人员也付出了很多，他们的付出深深地感动着我，所以我准备在接下来的工作中更加努力，为医务人员做好后勤保障工作。

上海支援湖北医疗队

中国国际应急医疗队（上海）后勤组队员　入党积极分子

靳海洋

写于武汉客厅方舱医院

2020 年 2 月 13 日

后勤副队长姜波的一天

天微微亮，他已经起床，坐在桌旁，仔细研究今天医疗队所有后勤的工作安排。他知道每一项后勤工作都关乎“武汉保卫战”的顺利进行，所以无论是餐饮对接车辆的安排，还是物资发放、值班卫生等方面都事必躬亲。

他总说“吃饱饭才能打胜仗”。他亲自带领后勤的弟兄们洗菜、切菜，烧菜。为了一早将医疗人员送去方舱医院，他安排后勤早饭提早到6:15，而自己却很少吃早饭，便随第一批医护人员到达方舱医院。在医疗人员准备进入方舱的时候，他总是一边叮嘱说要注意安全，一边在他们的隔离服写上每个队员的名字。当队员进入那扇隔离的大门后，他的眼角湿润了，他知道里面是真正意义上的战场，那里有无处不在的病毒，那里有我们的广大患病同胞。

因为临床治疗的需要，上级领导安排救援车辆开进方舱，为患者提供雾化治疗。当大家还在犹豫的时候，他没有迟疑，主动请缨，带领吴哲锋驾驶员全副武装，将车辆开进方舱的指定位置，顺利完成任务。当他出舱的那一刻，我问他：“为什么那么拼？”他说：“作为一名党员，我肩上有责任，也有担当。拼刺刀的时刻，我就得上。”那一刻在他身上，我看到了“战士”该有的模样。

移动医院每日需要维护，他常常带着后勤人员巡视帐篷。当雪下大了，压弯了帐篷，他立即带领后勤人员在暴雪中铲雪，一干就是几个小时，直到夜幕降临。他们身上都湿透了，也辨不清是雨雪还是汗水了。

上海支援武汉医疗队
黄国鑫
写于武汉客厅方舱医院
2020 年 3 月 1 日

迷路的阿姨

舱外，一场迟到的大雪肆意地倾泻在荆楚大地，寒风像刀子似地刮过脸庞，双手冻得不听使唤，却吹不散我们昂扬的斗志，凉不下我们沸腾的热血。

舱内的我已是汗流浃背，护目镜上的小水珠也已模糊了我的视线，但我仍然有条不紊地进行着各项工作。这时，一位阿姨脚步匆匆、神情紧张地朝我走来，我赶紧上前询问，尽管我们存在语言交流障碍，但我最终还是明白了阿姨的意思，她迷路了。阿姨那绝望的眼神和带有哭腔的颤抖的声音刺痛了我的心，我连忙上前扶住她，但这时阿姨推开了我的手，“小心传染”。我的眼眶湿润了，多么善解人意、善良体贴的老人，这就是武汉人的缩影，我毅然决然地扶住了她。通过多方了解，得知阿姨是 C 舱的 1303 床患者。在护送途中，阿姨出现呼吸急促、憋喘的症状，我一边安慰她，一边告诉她调整呼吸的方法，就这样阿姨被安全地送往 C 舱，交到责任护士手上。阿姨一个劲地道谢，湿润的眼眶诉说着感激，在她的眼神里，我看到了重燃的希望。在这场没有硝烟的战争中，穿着厚厚的防护服，虽隔离病毒，但不隔离爱。与其说我们医护人员感动着他们，他们的举动何尝不在感染着我们呢？

窗外依旧雪虐风餮，我们坚信风雪虽至，花开有期，让我们携手向前，早日走出这场阴霾，迎接春暖花开！加油，我的同胞们！湖北加油！中国加油！

山东支援湖北医疗队

肥城市中医医院

李建菊

写于武汉客厅方舱医院

2020 年 2 月 15 日

A东-2
D1

四步
或护目镜

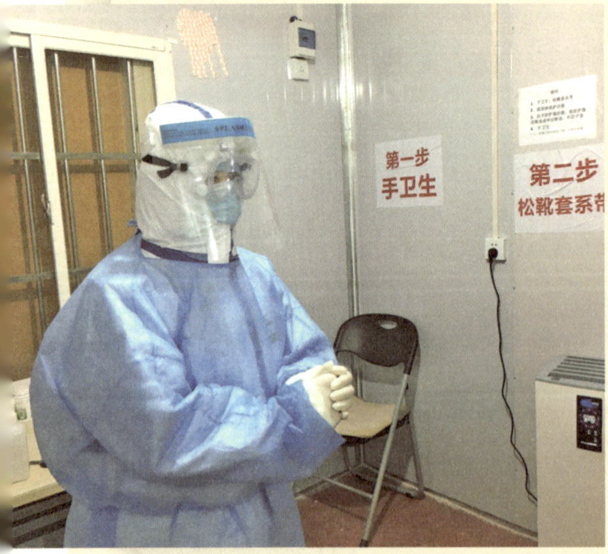

第一步
手卫生
第二步

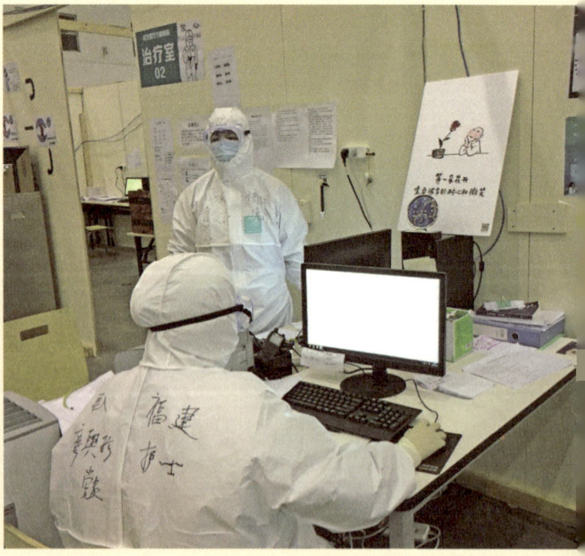

治疗室
02
福建

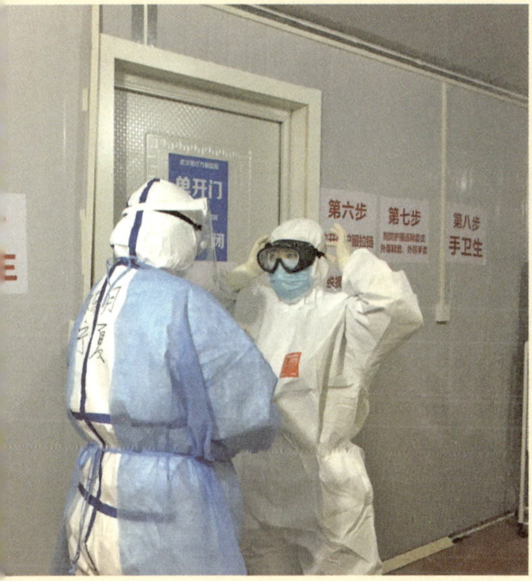
单开门
第六步
第七步
第八步
手卫生

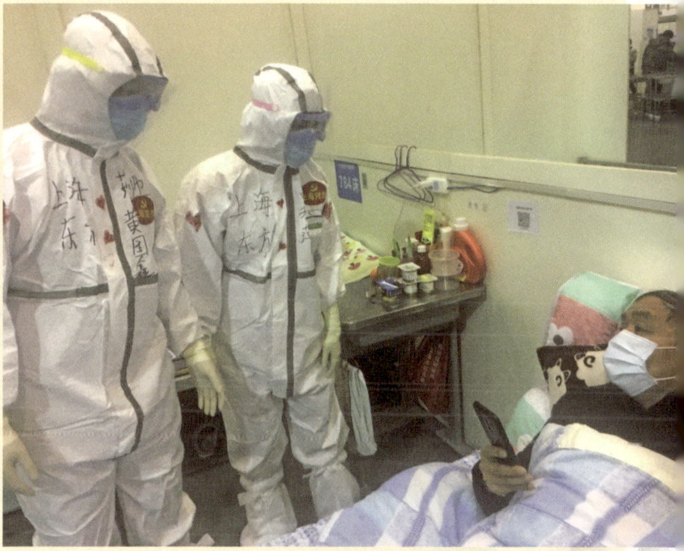
184床

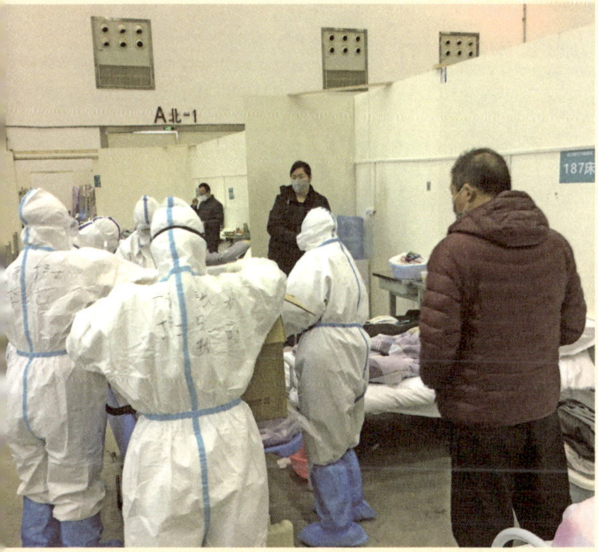
A北-1
187床

你安好，我无恙

自 2 月 4 日，接到支援湖北、抗击疫情的指令，我们护理团队来到武汉已经四天了。在这段时间，每天都有宁夏医科大学总医院的老师给我们进行抗击新型冠状病毒肺炎疫情相关知识的培训，反复练习穿脱隔离衣的操作，每次都有考核，考核合格才能进入方舱医院。虽然程序繁琐重复，但是我们都明白，这都是保障我们人身安全、免受传染的最重要的措施。

2 月 9 日，接到指令，第二天早上 3：00 开始进舱上班，10 日凌晨 1：00 我们坐车来到武汉客厅方舱医院，经过一个小时穿隔离衣、防护服，互相检查合格后，我们整装待发，进入到方舱医院。此时每个人的心情都很紧张、沉重，因为我们面对的都是已经确诊的轻症患者，我们互相打气，我们定会平安归来。完成了详细的交接班后，我们各自进入所管辖的病区开始工作。我们的患者有满脸茫然的年轻人，有耄耋之年的老年人，在封闭的空间里，大部分患者都睡不着，不停地喝水、喝牛奶，就是为了增强自己的抵抗力。每个人都带着双层口罩，还有的患者时不时地来用医用消毒液洗洗手，说是害怕再次感染，因为这里都是病毒。他们的眼神里透露着担忧、无助和对生的渴望。一早上不停地忙碌着，有一个患者来问我：你们是来自哪里的。由于穿得很厚实，我很大声地告诉他，我们都是来自宁夏的，这段时间由我们来照顾你们。听完，他哽咽着说：“谢谢你们，不远千里地来照顾我们，你们辛苦了。”听到这句话，我心中的紧张、忐忑顿时烟消云散了，心中默念起我们来武汉支援的初衷：你安好，我无恙。

早上9：00，和下一个班次的同事交接完工作后，又经过一个小时的脱防护服、消毒工作，我们的第一个班次才圆满结束，中午1：00多才回到住处，打开手机，很多条微信信息进入眼帘，首先看到的是儿子发来的信息：妈妈，工作顺利吗？辛苦吗？妈妈，我想你了……此时的我眼泪盈满眼眶，想到今天对我说感谢的患者，万千言语藏在心中，只是给儿子回了一句：妈妈很好，听爸爸的话。

现在我们已经正常上班了，每天的工作时间很长，中间不能喝水，不能上厕所，就是为了能节约一套防护服。工作量很大，内容繁琐，可是做好每一个消毒隔离的细节很重要，因为这不仅是保护自己，也是保护患者，防止交叉感染。差之毫厘，失之千里，每天我们队员都在不断地加强学习。你安好，我无恙——这是我们来这里的初衷，也是我们的使命。我们定会不辱使命，打赢这场没有硝烟的战争，平安归来！

宁夏支援湖北医疗队
青铜峡市人民医院
刘　静
写于武汉客厅方舱医院
2020年2月28日

2020，一定要扛住

疫情肆虐，世界被按下了停止键。繁华的城市突然陷入了沉寂，餐饮、服装、健身、旅游等行业几乎没了客流。有人惆怅不已，有人含着泪关掉店面，有人在煎熬中等待开门迎客的那一天！

2020，你还能撑住吗？

2020，你还能撑多久？

我是一名平凡的护士，不曾想，在2020年的立春却成为众多"最美逆行者"中的一员，成为奔赴武汉抗击疫情的白衣战士。

在武汉客厅方舱医院，我们每个人忍受着身体不适，拼尽全力，照顾患者。虽然看不清彼此坚毅的面容，但忙碌的背影却将救死扶伤的旗帜高高擎起。没有什么岁月静好，没有什么流年如画，只是有你、有我，还有那千千万万的"中国力量"！

一张张递给上级的请战书，一条条写给亲人的宽慰信，一颗颗为救死扶伤的滚烫的心。就这样，2020年的我们，出现在了武汉，出现在了隔离病房。当我们穿上这身特别的"盔甲"，穿梭在病房，虽然没有了妙曼的身材曲线，看不清那可爱俊俏的脸蛋，但却赢得了患者们的信任和称赞。

刚开始的那些日子，进到病房还有点恐惧，和患者之间始终保持着很远的距离，甚至不愿意去靠近患者，生怕会被传染。即使患者们都戴着口罩，但依然感觉他们每个人身上都带有无数个病毒。慢慢的患者好像也察觉到了，主动和我疏远，偶尔地来询问病情、咨询一些事情时也站得很远。就这样患者不但不生我气，而且还对我很热情。每到吃饭时间，纷纷走过来让着我，说："累了吧，赶紧先吃饭，再干活。"时不时地又对我说谢谢，"真是太感谢你了，从那么远的地方过来，你们都是最美的白衣战士，加油！"有的阿姨说着说着，甚至难过地流下了眼泪……简单的话语，虽没有华丽的词修饰，却让我很惭愧。我没有做声，只是默默地低下了头，看到这样的举动我心里好难过、好内疚。我根本没有做什么，没有付出什么，只是每天给他们发发药、送送饭、测测血压、量量体温等一些常规护理，做些简单的服务，就这些，还得到了患者的极力认可和赞赏，患者的所作所为感动了我。这时我醒悟了，我不该去嫌弃患者，不该去疏远患者，不该用异样的眼光去看待患者……一想到这些我的眼眶湿润了，真想深深地给患者鞠一躬，心里默默地说句"对不起"，以后绝不会这样了。不管你们得了什么病，我都不会嫌弃，我都会尽最大的努力去帮助，争取让你们早日度过难关，早日康复，早日与亲人团聚。

就这样我慢慢地接纳了患者，患者也慢慢地与我亲近了。每天上班，第一件事就是进去和他们打招呼，问候一声："大家好，我又来陪伴大家了，今天感觉怎么样呢？"就这样，他们都很喜欢我，每次看到我上班都很高兴，拉着我给我讲当地的特色小吃、好玩的景点。还说等疫情过后请我去吃当地的佳肴，带我去游览名胜古迹，请我去家里做客。有的阿姨还和我拉家常，说家里的孩子和老人，虽然他们说的话我听不太懂，但我还是尽全力迎合，时不时点点头回应一下。我不想打断他们，只想听他们诉说，因为这样会让他们忘记病痛，不再胡思乱想，忘记想念家人……

不知不觉中，我们已经相处快一个月了，更加熟悉彼此了，每天上班听到最多的还是那一句句暖心的“谢谢！”“你们是最美的人！”“你们辛苦了！”“加油，小宋！”从“白衣天使”的称号改为“白衣战士”，就为此光荣的称号，我们一定不辜负，更加坚定信念，纷纷立下誓言：疫情不退，我们不归！

这次疫情将使我此生难忘，相信等疫情过后，会迎来一个美好的时代。2020，一定要扛住！

宁夏援鄂医疗队

宋丽群

写于武汉客厅方舱医院

2020 年 2 月 29 日

抗击疫情，并肩作战

2月7日，下着小雨，带着满满的能量，我和队友们来到了武汉，疫情的第一线就是我们的战场。到达集结点后，大家整理了行囊，队友帮我剪掉了长发，我的使命要我必须健康，只有保护好自己，才能更好地为患者进行救治。

穿脱隔离衣是个大工程，进入隔离区3小时以后，我的眼镜和防护面罩就起了一层水雾。为了节约防护用品，我们坚持了6个多小时，出隔离区时衣服已经全部湿透。闷热、疲惫、饥饿，大家都没有放在心上，互相打气是我和战友们的日常。我的脸上常常被口罩勒出深深的痕迹，同事李姐给了我一些透明贴，让我们保护脸部皮肤。元宵节的傍晚，爱心人士冒着寒冷为我们送来了元宵，吃着热乎乎的元宵，大家的心里也都暖暖的。虽然大家来自五湖四海，与病毒进行斗争的道路很长很辛苦，但我们因为爱而聚集，因为同一个使命、同一个信念变得格外温暖而充满力量。相互帮助、相互扶持，如同家人一般相处，让我们在这场没有硝烟的战场上凝聚力量，打败病毒。

在我们负责的区域里，有几位患者比较焦躁，总说我们不理解他们，我和队友们耐心地疏导宽慰，终于，他们的情绪渐渐稳定了下来。理解与被理解是一个需要双方付出真心的过程，只有设身处地地站在患者的位置，才能感受到患者所想所思。我们的至诚服务、温馨微笑，会让患者如沐春风，在与病魔的斗争中更有信心。

在休息时间我也常常进行护理知识以及相关内容的学习，增加自己的知识储备，完善熟练自己的护理手段。在舱内，我看到很多患者在如此特殊的环境仍在坚持读书学习，他们有着自己的理想、自己的心愿，病毒也无法阻挡他们前进的步伐。还有很多患者以积极的心态影响他人，乐观坚强地面对生活。作为医护人员，我们能做的，是更加严密仔细地护理，让确诊的患者有一份早日康复的希望，用我的专业告诉他们，病毒没有那么可怕，只要努力一定可以战胜。

祝福武汉，疫情面前，我们并肩作战，守护每一位患者，我们的梦想就在前方等待我们，加油！

山东省援鄂医疗队

陈琳琳

写于武汉客厅方舱医院

2020 年 3 月 3 日

第三章：直击一线，平凡英雄（采访篇）

生命之舱，风雨同舟，
多少个日日夜夜的拼搏，
多少泪水与汗水的坚持，
与时间赛跑，与病魔较量。
打造一艘艘“生命之舱”，
总有一些人，永远铭记，
总有一些事，永生难忘！

2020年冬日里最暖的阳光

受访者情况：武汉客厅方舱医院A705床，武汉市东湖高新区佛祖岭街道发热患者，家中共四口人，患者被感染后传染给了家人，目前其爱人在金银潭医院接受治疗，孩子在酒店隔离。受访者于2月9日收入武汉客厅方舱医院治疗。

受访时间：2020年2月18日

秦佳文：您好，我是上海市东方医院的护士秦佳文，能请您先介绍一下此次入院的经过好吗？

患者：好。我从正月初四（1月28日）到正月初六（1月30日）开始发烧，然后经过医院的吃药治疗，到今天为止，已经13天没有发烧了，而且没有咳嗽的症状。我从2月9日开始进入武汉客厅方舱医院进行隔离，今天是第三天了，身体状况也很好，没有任何的不适。

秦佳文：家里有患病的人吗？

患者：家里有，我被传染了之后，首先传染给了我的小孩，我有两个小孩，小的一个是两岁，大的一个是七岁。大年三十的那一天开始，我两个孩子先后发烧，先是小孩子，后是大孩子，但他们两个都是烧了两天之后，经过吃药，然后观察，恢复了正常体温。大孩子退烧以后，我自己发烧了，我才意识到有可能是我把病毒带回来之后，他们两个人感染了。感染了之后，孩子的免疫力较好，加之新陈代谢可能快一点，很快对这个病毒产生了抗体，恢复了健康的状态。他们两个到现在也没有任何症状，也没有任何的不适。

秦佳文：那您爱人现在怎么样？

患者：我爱人在孩子退烧后，就开始发烧了，也许是因为在家里照顾小孩、照顾我，过于疲劳，这个时候也不幸地被感染了。

秦佳文：她现在在哪里？

患者：现在在金银潭医院进行治疗，因为她一直都高烧不退，烧了大概有十天了。在这个过程当中，我们很着急，但是一直都没放弃努力。这次她住进金银潭医院以后，我一颗悬着的心总算是放下来了。目前我的小孩在酒店隔离，我的爱人在专业的医院里进行治疗，而我在这个方舱医院里隔离。虽然我们都不在一起，但是我对我们这个家庭的未来，对孩子、对爱人的健康，是非常有信心的，没有任何顾虑。

秦佳文：您的心态非常好，向您学习。您的亲戚朋友知道你们的家庭情况吗？

患者：我的亲戚朋友知道的很少，因为我没有主动跟他们说，主要是怕他们担心。而且在武汉这种封城的状态下告诉他们，只会让他们更担心、更着急，所以我没有告诉他们。是在我们被收治了之后，我才跟他们说了。

秦佳文：以前有没有遇到过类似的困难？还是这是一次前所未有的困境？

患者：这是我人生当中，我 37 年以来最大的困难，这是我们全家最大的困难吧。现在我们一家四口人分别在三个地方，虽然分在三个地方，但是我们的心是在一起的。而且有整个国家的力量来帮助我们，帮助整个湖北省、帮助武汉市，我相信这个困难只是暂时的。

秦佳文：对。

患者：而且我今天也看到了新闻，在武汉市武昌的方舱医院里，今天有28位病友已经康复出院了。我相信，经过医护人员的努力和我们自身的努力，我们也会很快健康地出院。

秦佳文：好。那您来了方舱医院以后，接受了哪些治疗和护理的措施？

患者：我来到方舱医院以后，医生根据我的实际情况，对我定制了个性化的治疗方案。因为我本身属于最轻症的患者，医护人员对我进行吸氧、查血，然后量体温，问诊，并进行了全方位的询问。他们也会每天上午、下午、晚上定时来对我们进行体检、询问。而且我们24小时有任何问题，都可以随时找医生、找护士来给我们解决。

秦佳文：对，我们这里是24小时值班的。

患者：在这里我想说一下，整个方舱医院里头，据我所看到的，有来自我们本地的中南医院，还有上海的东方医院、山东的医院、宁夏的医院，还有北京的中日友好医院等，所有的医生、护士都很负责任，非常的热情，对我们每一个病人，像对自己的亲人一样。我也希望我们早日康复，也希望这些医护人员早点安全地回家。

秦佳文：你们一定能早日康复的，就凭您这种信心，您这种信念，一定可以战胜病毒。请问您是从事什么工作？

患者：我是一名国企的工人，我从事的职业是电焊工。

秦佳文：你觉得这次患病对你的工作有什么影响吗？

患者：因为我们单位通知，可能下个礼拜会复工，但是我肯定赶不上了，我还在这里隔离。首先，我要保证自己的绝对健康，恢复到健康状态才可以回去，因为孩子还太小了，肯定要保证不能再传染给他们。我也要保证我自己的健康，不能把病毒带到工厂里面去，传染给同事。

秦佳文：是的，请问您平时有锻炼的习惯吗？

患者：平时说实话，锻炼并不多，因为本身上班可能有一点忙，但是经过这件事情之后，我想我，包括我全家，可能以后最重要的一个方向，就是身体的健康。因为这次病毒对我们全家都产生了影响。有一个很明显的例子就是，很多年轻、身体好的同志，没有被感染。跟我同样的情况下，他们没有被感染，我却被感染了，所以以后健康这个问题在我们家肯定是放在首位的。我也会为了自己和家人的健康，而更注重全家的锻炼和营养。

秦佳文：对，比如一定要组织定期的家庭锻炼，定期进行体检，平衡家庭的饮食，增加营养、增强自己的免疫力。

患者：对。

秦佳文：最后有什么想对我们医护人员说的吗？

患者：有很多话，其实有很多很多话都想对你们医护人员讲。这次武汉有难，全国各地的医生、护士，不计报酬、不计休息，在鼠年春节的这个时候逆向而行，你们的目的只有一个，为了武汉、为了湖北，也为了全国人民的健康奔向了这座城市。在这里，我把这首诗送给你们吧：

一身洁白，看不出曲线、看不出流畅，

可这是2020年最美的时装。

一双眼睛、两副镜架，见不到眼睛，

可却透过来最美的目光。

口鼻上竟有这么多的式样，看不出你的淡抹浓妆，

可这是最美的脸庞。

一样的装束，只有高低短长，不知你是李赵张王，

可这双肩上有最强的担当。

除了豪言壮语，谁没有情短情长，谁没有儿女爹娘，

但这里有高高挺起的胸膛。

你是共和国的脊梁。

虽然你一次又一次被遗忘，带着病毒的唾液、泪水或鲜血的流淌，都掩不住你心底的善良，

你是2020年冬日里最温暖的阳光。

秦佳文：好，非常感谢您，非常感谢！谢谢您对我们的

支持和鼓励，我们也一定会和你们一起并肩作战，对抗病魔，谢谢！

患者：最后还想说一句就是，因为我爱人的职业，她也是护士，虽然她现在没有在工作，对护士、对这个岗位，我是非常非常熟悉，也非常非常理解，我爱人以前也是上白夜班、照顾病人，我知道医护行业是非常非常辛苦的。特别是在这次抗击新型冠状病毒肺炎疫情当中，所有的医护人员都是为我们无私奉献的人，所以我希望大家以后在面对医护人员的过程当中，一定一定要爱护他们、珍惜他们，没有他们谁来帮助我们？

秦佳文：好，谢谢您的理解。我相信经过这次抗击新冠病毒的战役，全国人民都更加理解医护工作者，更加相信我们，谢谢！

患者：谢谢！

我想回家

受访者情况：毛世红，武汉客厅方舱医院A656床患者，50岁，自由职业者，一家三口。因岳母患新型冠状病毒肺炎去世，其一家属密切接触者，妻子、儿子两次核酸检测呈阴性，现在社区定点隔离。本人因核酸检测呈阳性入住武汉客厅方舱医院。

受访时间：2020年2月18日

秦佳文：您好，我是上海市东方医院的护士秦佳文。这次主要是对您进行采访您入院以后的情况，可以吗？

毛世红：可以。

秦佳文：您是今天入院的，对吗？

毛世红：昨天入院的。

秦佳文：是怎么入院的？

毛世红：是街道里，社区里面送过来的。由于核酸检测是阳性的，就送到这边来了。

秦佳文：您家里人还有谁检测结果是阳性的吗？

毛世红：没有。

秦佳文：那您是密切接触过病毒携带者？

毛世红：对，我属于密切接触者，我老亲娘（岳母）去世了，就是因为这个新型冠状病毒。

秦佳文：就是您老婆的妈妈？

毛世红：对。她是双肺感染，好像有什么淋巴之类的，具体我也不是很懂。

秦佳文：她是几号确诊的？

毛世红：她是2月1号在家里发现的，然后在3号凌晨走的，2号就已经确诊了。

秦佳文：那很快。

毛世红：很快，非常快。

秦佳文：您现在有什么不舒服吗？

毛世红：都还可以。没有发烧，咳嗽有一点点，但是我觉得还可以忍受。

秦佳文：进入这个方舱医院有什么顾虑吗？

毛世红：没什么顾虑，就是过段时间想早一点回家。

秦佳文：您是想家了！那您进入方舱后主要是接受了哪些治疗和护理？

毛世红：昨天来方舱医院的，这边的医生跟护士都会定期地给我们量体温、量血压，给我们每个人分配了中药，还有一些针对性治疗的药物，每天都会有的，很好。

秦佳文：对这边的饮食您觉得怎样？

毛世红：饮食？还可以吧。

秦佳文：对于这儿的环境呢？晚上睡觉睡得好吗？

毛世红：也行，真的还可以。

秦佳文：关于这次疫情，您患病的话，您的亲戚朋友有什么看法吗？

毛世红：大部分都在支持、关心。

秦佳文：会经常打电话给您吗？

毛世红：对。

秦佳文：以前有没有遇到过类似的困扰？

毛世红：没有。

秦佳文：都没有？

毛世红：从来没有像这样。

秦佳文：平时的生活习惯好吗？抽烟、喝酒有吗？

毛世红：我平时抽烟，但是不喝酒。

秦佳文：锻炼吗？平时有锻炼的习惯吗？

毛世红：锻炼，有锻炼。

秦佳文：主要是什么锻炼方式？

毛世红：经常吃完饭在江边跑跑步、走走路。

秦佳文：锻炼强度大吗？一次能跑多久？

毛世红：半个小时左右。

秦佳文：那很好，您身体底子还是很好的。

毛世红：对。

秦佳文：您觉得这次患病对您生活和工作上，有没有什么很大的影响？

毛世红：影响肯定是有的，现在怎么说呢？大部分人都在家里闷着，闷时间长了，或多或少心里会有一点不舒服。

秦佳文：对。

毛世红：对吧？而且现在像我这个年纪的话，我也有母亲，也有小孩。

秦佳文：没办法照顾他们？

毛世红：对。

秦佳文：您宽宽心！其实我们是特地从上海来武汉和你们一起战胜病毒的。

毛世红：非常感谢你们。

秦佳文：希望我们一起加油，好吗？

毛世红：好的，谢谢！

秦佳文：谢谢您！

有你们，我没顾虑

受访者情况：史传娥，武汉客厅方舱医院 B895 床患者，61 岁，制药厂退休人员，方舱医院患者志愿者。

受访时间：2020 年 2 月 18 日

秦佳文：阿姨您好！我是上海市东方医院的护士秦佳文。现在我们对新型冠状病毒肺炎患者，或者疑似患病的患者都是比较重视的，我们来了解一下您的情况，可以吗？

史传娥：行。

秦佳文：我想问一下，您这次是怎么入院的呢？

史传娥：我在 1 月 17 号就染上了这个病。我染上了大概一个礼拜，我到礼拜天还去参加了聚会。咳嗽，但是还没有感染别人，就我自己受不了了，我去医院打了吊针，最后还是经过政府的推荐，我的儿子打了电话，来到了我们人民协和医院治疗。在那里住了 13 天，最后政府把我们推荐到这里来。当时我到这里的时候，我的儿子，还有很多人（说），你千万别去，那里的条件很差。但是我们一来到这里，真是感到无限的爱意，我们看到这些来自宁夏的、广东的，还有南宁的医护人员，他们都是无私地付出，作为志愿者来服侍我们，我好感恩。他们每一天都是昼夜不停地为我们病友查房、发药，又不住地问候、问安、问好，天天这样服侍我们，端水送饭，我们好感恩。所以我们也有这样的心情，我们也要付出，当一个志愿者。

秦佳文：行。我看到了您手上的红袖章，您是我们这边方舱医院的志愿者，对吧？

史传娥：是的。

秦佳文：非常感谢您。那您现在有什么不舒服吗？

史传娥：没有，好得很。

秦佳文：体温正常么？有没有发热、咳嗽？

史传娥：没有，真的好，谢谢你！现在稍微有一点咳嗽，因为我毕竟是个重病号，你看，我已经病了一个月了。

秦佳文：看来现在已经恢复得很好了。

史传娥：很好很好，不错。

秦佳文：之前有拍过肺部CT和做过核酸试验吗？

史传娥：做过，我是阳性，做这个核酸。

秦佳文：阳性？

史传娥：是阳性的，我的CT检查结果显示双肺都被感染了。

秦佳文：现在有复查过吗？

史传娥：还没有，9号来方舱之前，5号复查过。

秦佳文：怎么样？

史传娥：医生说，让我到这里来，边医治，边在这里休养。

秦佳文：那您不要着急，像你们这种比较轻的，我们医生都会逐个地安排你们做CT和核酸试验的复查。

史传娥：谢谢！

秦佳文：不用着急。

史传娥：没有着急，谢谢你们！

秦佳文：那您现在有没有什么主要的顾虑？

史传娥：没有，有你们，我们还有什么（顾虑）？我恨不得三年不回去。

秦佳文：阿姨，您太可爱了。您以前有没有遇到过这种困难？

史传娥：没有，从来没有。

秦佳文：来了这边之后，您是经过了哪些治疗和护理呢？

史传娥：我们一来，护士就开始给我们检查、访问：你是怎么得病的？怎么出现问题？几号得的？查过核酸了没有？拍过片子了没有？然后你们每一天都发给我们药吃，每一天发给我们饭吃，我们感到很幸福。所以我们真是感激不尽，感谢！

秦佳文：我们有护士来给您定期测体温、血压之类的吗？

史传娥：每天晚上几遍。

秦佳文：有没有影响到您休息？

史传娥：没有，都是十点之前，白天几遍。

秦佳文：主要我们是想了解你们病情的动态变化，可能有的时候来测的时间不定，因为我们每班都要交接班，来测的次数比较多，希望不要影响你们休息。

史传娥：没有没有，你们都是晚上十点钟之前给我们测量，早上六点多钟开始给我们测量。

秦佳文：对。

史传娥：真是，你们是那样地爱我们，我们很感恩。

秦佳文：那对医生这边有没有什么想说的？

史传娥：医生这边，我认为你们都长得像一个人，个个都是浓眉大眼，你们火热的心，这样地爱我们、服侍我们，我们真是感到无法来形容你们对我们的爱。

秦佳文：好。那您如果核酸试验做过了，康复以后，出院以后回到小区，面对亲戚朋友，有没有什么顾虑？

史传娥：那我就不知道他们有什么顾虑，但是我是不怕。

秦佳文：您还有什么要对我们说的吗？

史传娥：我在这里想给你们这些白衣天使献一首歌，愿你们接纳。

秦佳文：是您自己写的吗？

史传娥：是的。

秦佳文：阿姨太好了，那您给我们唱一下吧，方便吗？

史传娥：好的。

秦佳文：好。

史传娥：从远方来的白衣志愿者，长得美丽又漂亮，一双美丽的大眼睛，温柔又善良。谢谢你给我们的爱，今生今世我不忘怀。谢谢你给我们的温柔，陪我度过疫情难关。谢谢你给我的温柔，今生今世我不忘怀，谢谢你给我们的温柔，陪我们度过疫情难关。武汉加油！

秦佳文：加油加油！

史传娥：中国加油！

秦佳文：一定的！

史传娥：谢谢你们，服侍我们，我很感恩。让我有这样的心情，真的很快乐。

秦佳文：阿姨，您真是太值得我们学习了。

史传娥：你们才是值得我们学习的好榜样，是你们的爱和付出，从远道而来，帮助我们，所以我们感恩，我们也要付出，来到这里做些什么，我们要向你们学习。

秦佳文：那作为一名志愿者的话，您在这边主要帮患者做一些什么？

史传娥：分派我的任务是送饭，一区、二区，还有这边上的。我们一组是两个人，还有一个姊妹，她叫什么华，我又忘了，今天才加入的。

秦佳文：主要就是帮患者送饭，您觉得麻烦吗？

史传娥：不麻烦，其他的我就不说了。

秦佳文：您这是做好事不留名，对吧？

史传娥：对，不留名。

秦佳文：好。那阿姨，谢谢您接受我们的访谈。

史传娥：谢谢。

秦佳文：也希望您早日康复、早日出院。

史传娥：好的，不用谢，这是我们应该的。

秦佳文：谢谢！

史传娥：再见。

我不知道你是谁，就知道你是为了谁

受访者情况：李萍，武汉客厅方舱医院B848床患者，33岁，武汉市人，全职太太。

受访时间：2020年2月18日

秦佳文：您好，我是上海市东方医院的护士秦佳文。我们现在对新冠病毒肺炎疑似患者或者确认的患者都是比较重视，现在我们想了解关心一下您的情况。首先请您做一下自我介绍，可以吗？

李萍：好，很荣幸有这个机会。我叫李萍，33岁，是武汉市人。

秦佳文：您的职业是？

李萍：我现在是全职在家带孩子，我女儿5岁9个月，在上幼儿园。

秦佳文：老公呢？

李萍：老公是自己做了点小生意。

秦佳文：那您这次是怎么入院的，给我们介绍一下，可以吗？

李萍：我从腊月二十九，也就是1月23日开始发烧。发烧第一天，因为封城了，才知道这个病的形势比较严峻，我就不放心，去医院做了检查，拍了片子，做那个CT。医生给我检查过之后，说我不是新型冠状病毒肺炎，而且给我开了药让我回家吃。吃到第三天的时候，我老公开始发烧了，然后我就吓坏了，就跟我老公一起又到医院，再去检查。检查我老公的肺部，有一点点纹理变粗，我第三天也重新拍了一次，说纹理有点变粗，就开了药，让我们回家去隔离观察。后来我的烧退了，我老公的烧却退不了，加上他又咳嗽，情况变严重了。变严重后他去医院，医院又给他做了个B超，说他肺部感染的情况变严重了。

秦佳文：又做了CT，对吧？

李萍：对，又咳嗽。然后医生又做了CT，发现变严重了，就直接把他给派到金银潭医院那边。然后我这边又拍了个CT，就说也是感染了，属于轻症，需要做核酸检测进一步确诊。然后我到三医院，三医院告诉我要经过社区，报备之后社区开转诊单，医院才会接收。然后我就去开了转诊单，到三医院去，三医院就给我做了那个核酸检测，结果是阳性。2月5日做的核酸检测，2月7日拿的结果，2月8日就接到社区的电话，说要让我们去酒店隔离，集中隔离，然后把我们送到医院来。2月8日的晚上，我们去了社区指定的酒店。2月9日就把我分到这个武汉客厅方舱医院来了，来这里我觉得还是比我想象中要好很多。这里的医护人员都特别亲切，就像家人一样，服务都特别好，对我们的态度也特别好，关心得无微不至，就感觉一下子心里没有那么焦虑了。来到这里，一进门就看到每个人床位上都有电热毯、棉被，也有盆、毛巾、拖鞋、肥皂、牙膏，什么都准备好了。

秦佳文：替你们想得还是挺周到的，是吧？

李萍：对，因为我出来什么都没带，这些东西这里全都有，比我想象中的好很多，所以就在这里安心地住下了。这里的医护人员很辛苦。我来的第一天晚上，夜里四点多起来上厕所，我看见所有的医护人员全都坐在凳子上。然后我当时就说，那边有空床位，有两个床位，你们怎么不去休息一下？你们说这是工作时间，要守护我们，不能够去睡，不能休息。我来这住了一个多星期了，到现在为止，我没有看到过你们的工作人员吃过饭、喝过水，我觉得很辛苦。我第一天晚上四点多起来，看天气这么冷，你们全部都坐在这里，我当时眼泪都出来了。我不知道那天是不是你当班，我就说让你们去休息，你们说不行，要照顾我们这些病人，怕病人有什么需求找不到人。我说你们可以换人去休息，我真的太心疼你们了，我觉得你们白衣天使也太可爱，太让人心疼了，真的太辛苦了！

秦佳文：这是我们的工作，您放心。

李萍：我觉得你们好伟大，我真觉得你们好伟大。我们在这里被你们照顾得还是很好的，现在我老公他也出院回去了，在家里自我隔离，我今天也做了核酸检测，估计也很快就会康复回去的。

秦佳文：做了一次，对吗？

李萍：做了一次，今天才做的。

秦佳文：后面如果再做一次也是阴性的话，如果你的症状消失，体温正常、肺部CT也正常的话，应该就离出院不远了。

李萍：对，应该快可以回家了。我就觉得，你们这些白衣天使太可爱了。

秦佳文：您现在有哪些不舒服吗？

李萍：我现在感觉很好，就是喉咙有一点点干，其他没有哪里不舒服。

秦佳文：有一点干？

李萍：嗯。

秦佳文：医生有给你发药吗？

李萍：有，来的第一天，医生就给我们开了中药，还有一个西药，是用来消炎的。三餐都送给我们，药也是，都会发到我们手上。每天都会给我们量体温、测血压、测血氧，对我们都照顾得很细心的。

秦佳文：都照顾得很好，对吧？

李萍：对！

秦佳文：您觉得来这边，医生护士都挺好的，没什么问题，还有什么主要的顾虑吗？

李萍：目前也没有什么太大的顾虑吧，能够平安回家就挺好的。

秦佳文：对你的家人、小孩有没有什么顾虑？

李萍：我就是担心我的小孩，怕她会不会被传染了？因为在发病之后都已经确认了，孩子没有人带，平时跟我们住在一起的。我来这儿的前几天就一直很焦虑，就怕我女儿也被传染了，我们家三人都被传染怎么办？孩了没人管了！但目前为止，我女儿的状态还是非常好，没有出现任何症状。她到今天也差不多是14天了，14天，今天满14天。今天我打视频电话了，她还是状态非常好，没有出现任何的症状。所以我现在心里也相当……

秦佳文：宽慰了一点。

李萍：对！

秦佳文：您这次得病，您家人朋友是怎么看的？

李萍：家人朋友，他们原本都没想到，这个病有这么严重。一下暴发之后，他们才觉得这个是这么的严重，传染性是这么高。当然他们也很担心我，每天都给我打电话、发微信，问我的情况。现在我告诉他们，我在方舱医院挺好的，我拍视频给他们看，住的环境也很好，这里吃的一日三餐营养也都非常好，你们医护人员非常细心地照顾，说我很好。他们现在看我的状态也挺好，也没有那么紧张了。

秦佳文：也都安慰您吧。

李萍：对。

秦佳文：挺理解的，是吧？

李萍：对，现在我觉得我状态挺好，他们对那个病毒，也感觉到没有那么恐怖了。

秦佳文：没有那么可怕，对吧？

李萍：对，因为他们看到我在这里状态那么好，那么多人还天天在这儿跳广场舞啥的，他们觉得，你们就像没事人一样，应该都可以回家。我说是的，没有那么可怕，大家不要慌，在家做好防护，没事不出门，听党的话、听国家的安排就是对的。

秦佳文：您有参加过我们这里的活动吗？参加我们刚刚安排的呼吸操了吗？

李萍：参加，广场舞，晚上跳广场舞我也跳，每次都跳，每次的操我也参加，都参加了。我觉得你们很细心，这样有助于我们放松心情，然后有助于我们的肢体活动，增加新陈代谢，我觉得非常好。

秦佳文：还是对你们的病情有点改善作用的吧。

李萍：有，心情也会好一些，要不然就坐在床上，一天到晚就是吃了睡、睡了吃，人就感觉头昏脑涨的。起来运动运动，整个心情、整个精神状态都会变好。

秦佳文：您现在对我们的治疗和护理，还有什么顾虑吗？

李萍：没有什么顾虑。

秦佳文：没什么顾虑，都挺信任，完全信任！

李萍：完全相信你们，相信国家，会解决这个事情。

秦佳文：如果出院以后，回去了，您还有什么担心的吗？

李萍：回去以后，我肯定还是要自我隔离 14 天，听专家的话，听钟老的话，在家也要隔离 14 天。然后在我隔离好之后，我希望我身体条件允许的话，可以捐我的血浆，能够去救更多的病人。

秦佳文：这个想法非常棒。

李萍：我就这么想的，因为我毕竟年轻，我的身体应该是可以的，到时候康复之后条件允许，只要医生说我够格（就可以）。

秦佳文：可以。

李萍：对，医生说够格，我就一定会去捐血浆。

秦佳文：您也希望能够用自己的力量，给其他人帮助，对吧？

李萍：对，因为我看到你们就特别感动，真的特别感动，我觉得你们太了不起了。几乎都是冒着生命危险，在救我们这些非亲非故的人、不认识的人。

秦佳文：对。

李萍：其实我现在跟你讲话，我也不认识你。因为如果你脱掉个工作服、防护服之后，你再走到我面前，我也不可能会认识你。就像那句话，我不知道你是谁，我就知道你为了谁。真的是这样的，你是在为了我们。

秦佳文：这是我们的职业，但也是我们身上的责任。所以我们从上海过来，我们肯定会奉献出自己的一份力量，来帮助你们武汉这边的患者。

李萍：感谢你们的大爱，真的感谢，这个关键时刻就能看出你们这些人（的高尚）。就像说，这个时候能看出人善，心善的人是真的心善，也有心不好的人，这就是检验人心的时候，我觉得我们中国人都还是非常团结的。

秦佳文：对。一方有难，八方支援！

李萍：对，我们中国非常团结，我们这个病肯定也会很快就过去的。

秦佳文：对！

李萍：我相信我应该很快就会走出这个医院，去过上我自己好的生活。

秦佳文：该有的生活。

李萍：对，没有一个春天会晚来，是不是？所以我们马上就会看到春暖花开的时候。

秦佳文：你的心态非常棒，值得所有的病友学习。

李萍：特别感谢你们，真心的，我真心地感谢你们，我真的觉得你们太了不起了，真心感谢你们，不容易，都有家、有爱人、有孩子，但是来爱我们，真的谢谢，感谢感谢！真的，真的我都不知道怎么说。

秦佳文：好，那谢谢您。

李萍：感谢你！

秦佳文：再见。

自我管理，对家人、社会都是一种责任

受访者情况：武汉客厅方舱医院A817床患者，51岁，企业员工。

受访时间：2020年2月18日

秦佳文：您好，我是上海市东方医院的护士秦佳文。我们现在对新型冠状病毒肺炎感染患者或者疑似的患者，都是比较重视的。我们现在来了解关心一下您的情况。首先做一下简单的自我介绍，可以吗？

患者：好的。我今年51岁，是武汉市农业集团股份投资公司的一名职工。我家里有老婆和两个孩子，大孩子在成都工作，腊月二十八的时候，我们叫他不要回武汉。我和小儿子，还有老婆在家。

秦佳文：行。那您给我们简单地介绍一下，您这次是怎么入院的？

患者：是这样的，在30日的时候，我感觉身体特别冷。

秦佳文：1月30日？

患者：1月30日，身体特别冷。然后我到泰康医院去检查的时候，体温也不是很高，然后做CT，就说双肺感染，疑似病毒性肺炎。

秦佳文：体温是多少？

患者：当时体温36.4℃。医生给我开了一些药，让我在家里隔离。在这期间，我又到泰康医院去拿了一回药。2月11日，我进行复检，然后我的CT里面反映的和第一次拍片一样，没有什么变化。这个时候我就主动要求隔离，然后就跟社区打电话，社区就联系了当地的疾控中心，当晚就把我带到国家网安基地进行隔离。12日上午9时左右，去做核酸检测。13日中午就告知我（检测结果）是阳性，然后13日下午五六点钟的时候，就进入了武汉客厅方舱医院进行治疗。

秦佳文：您这个自我隔离意识还是很强的，主动要求自我隔离，非常棒。那您后来又再测过吗？来了以后，有再测过吗？

患者：到这里以后，核酸检查和CT都没有做过。

秦佳文：那还有什么不舒服的症状吗？比如体温有再次升高，或者咳嗽等有吗？

患者：目前为止体温没有升高过，也不咳嗽，现在状态比较好。

秦佳文：那您觉得现在有没有什么主要的顾虑？或者是困难？

患者：我就是希望能够早日康复，安排我进行核酸检测和CT检查，如果说是阴性的话，希望能够早日出院。

秦佳文：这个您放心，我们这边的话每天医生都会定期地安排一定人数的患者进行核酸检测和CT检查。因为我们现在条件有限，不能一下子测试很多人，所以每天只能安排一定数量。但是我们会从症状轻的开始，尤其是像您这种没有什么体温升高、感冒、咳嗽之类症状的，都会逐渐排查，这个您放心。可以吗？

患者：谢谢。

秦佳文：来到这边之后，您的家人或者亲朋好友，是怎么看待您的这次患病的？

患者：我的家人，就说我的小儿子和老婆，我们取得社区联系后，对他们进行隔离，让他们进行筛选检查。然后我的亲人和朋友，都在微信里和电话里问候，来了解这次疫情的情况，我都跟他们做了一一的回答。

秦佳文：刚才看您还在录视频，给他们看这边的情况，对吗？

患者：对，我告诉他们说，疫情虽然说范围很大，但是轻症的很多，重症的很少，不要那么惊慌。还是按国家政策，不要出门，在这个时间段隔离以后，（病毒）的传播源、传播途径这条链切断了，这个疾病可能就慢慢地控制住了。

秦佳文：对待这个问题，您还是非常专业的。那您以前有没有遇到过类似的困难？

患者：以前我没接触到。

秦佳文：以前 SARS 时候呢？

患者：没有。

秦佳文：那时候感觉没有离自己这么近，对吗？

患者：对，没有离疾病这么近。

秦佳文：来到这边以后，我们方舱（医院）给您提供了哪些治疗和护理？

患者：这边的治疗就是医生根据我们的情况，分配药物，督促我们吃药。然后每个班的护士给我们测体温、量血压，还有指脉氧的测定。

秦佳文：氧饱和测定。

患者：做得非常细心，非常感谢他们。

秦佳文：那您对我们的治疗或者护理，觉得还有哪些是可以改善、提高的地方，您觉得有吗？

患者：从我个人来说，您们到我们这来援助我们，都是很仓促地来，您们把工作做得这么细，这么认真，我觉得非常可贵。其实作为我个人来看，您们已经做得很好了，因为这里条件也有限，这就是我要说的。

秦佳文：您的家里人现在情况还好吗？

患者：我家里的孩子和老婆，已经被安排隔离。

秦佳文：他们也都在隔离，对吗？

患者：已经去了，昨天去的。

秦佳文：昨天去的，核酸试验有做过吗？

患者：核酸还没有做。

秦佳文：目前他们有什么不舒服吗？

患者：他们目前没问题。

秦佳文：精神状况还是可以的？

患者：很好。

秦佳文：那有什么想对我们说的吗？或者是您自己有什么想法，或者是对我们方舱医院的看法，都可以说。满意的或者不满意的，都可以说。

患者：非常感谢这些医务人员到武汉来支持我们、帮助我们，他们做得真的很棒！如果换作我们，真要做我们估计做不到。他们做工作非常细心，不怕脏、不怕累，都让我们非常动容，真的不能仅用言语来表达我们的感情。

秦佳文：经历了这次（疫情）以后，您觉得对您以后的工作，有没有可以借鉴，或者说经过这件事情之后，想要改变一些东西？

患者：这个事情可能不单要改变我自己，我觉得所有人通过这次疫情，对自己内心、思想上进行一次净化。

秦佳文：都像是（经过）一次洗礼一样。

患者：对，一次洗礼，真要重新地审视自己。通过这个事情，我特别感谢我们党，感谢我们祖国，对这次疫情高度地重视，将人民的生命安全放在第一位，下了很大的工夫。我也得在今后的工作中，用行动来回报国家。

秦佳文：一定会更加认真地工作，对吧？

患者：一定会更加认真的！

秦佳文：那对您的生活方式呢？比如大家都知道，如果是我们轻症患者，一定要多锻炼、增加营养。您觉得对您以后的生活（有什么影响）？您平时有锻炼的习惯吗？

患者：特爱锻炼，生活习惯也很好。

秦佳文：平时也锻炼？

患者：对。可能以后在这方面，一定要注意保持自己的生活规律，健康的规律、健康的习惯。

秦佳文：更加好地管理自己的生活，对吧？

患者：对，这不论是对家人还是对社会，都是一种责任。

秦佳文：那是一种责任感。感觉内心责任感更强了，是吗？

患者：对！

秦佳文：好。谢谢您。

患者：不用谢，我要谢谢你们，谢谢你们所有医务人员。

秦佳文：好，再见。

祝福武汉，武汉加油

受访者情况：叶浩，武汉客厅方舱医院安保人员，出生于1997年，家里有爸爸、两个妹妹，一家四口。之前从事餐饮行业，2月12日加入方舱医院负责安保工作。

受访时间：2020年3月3日

秦佳文：您好，我是上海市东方医院的护士秦佳文。我们现在对新冠肺炎的疫情比较关注，特别是对我们的工作人员——医生、护士、后勤等其他工作岗位关注度都比较高。现在我们想来采访一下您在这段工作期间的感受可以吗？

叶浩：可以！我叫叶浩，来自湖北荆州，今年23岁。我以前是做餐饮的，现在跟着我们队长波哥来武汉客厅方舱医院担任安保人员。

秦佳文：您在这里做安保，家里人知道吗？放心吗？

叶浩：知道的，我家里只有老爸和两个妹妹，要靠我去照顾这个家，为了家里，为了自己，又能帮助到别人。

秦佳文：您在这里工作多久了，有什么感受？

叶浩：我是2月12日来方舱（医院）的，有半个多月了，我们每天都有排班的，有的班是三个小时，有的班是六个小时。我很感谢波哥带领我们，在这里可以帮助到更多的人，挺有成就感的。

秦佳文：您有没有觉得辛苦啊？

叶浩：不辛苦，我不辛苦，我年轻！

秦佳文：您有什么话想对大家说的吗？

叶浩：我就是希望武汉能早点好起来，希望所有得这个病的患者，早日康复！

秦佳文：是的，我们希望武汉能早点恢复以前的活力，谢谢您，谢谢您这么晚还在守护着我们，辛苦了！

抗疫胜利，我们信心满满

受访者情况：李警官，武汉客厅方舱医院值班民警，12 月初即在抗疫一线工作。

受访时间：2020 年 3 月 3 日

秦佳文：您好，我是上海市东方医院的护士秦佳文。现在社会上对新型冠状病毒肺炎的疫情都比较关注，特别是对我们的工作人员——医生、护士、后勤等其他工作岗位关注度都比较高，所以我们想来采访一下您在这段工作期间的感受可以吗？

李警官：可以！我姓李，来方舱（医院）之前是武汉市公安局东西湖区分局的一名刑侦民警，现在是武汉客厅方舱（医院）B 舱的方舱警务室值班民警。

秦佳文：请问你们警务室的排班情况如何？

李警官：我们这边采取七班四运转，就是在 A、B、C 舱各设一个警务室，一个值班民警每天工作六个小时一换班，每天四个班，每位民警值一次班后轮休 36 小时。

秦佳文：哦！挺辛苦的。请问李警官在方舱这边有没有一些印象深刻的人或事呢？

李警官：在这里，这么说吧，最让我感动的其实就是“一方有难，八方支援，患难见真情”。在这之前，这句话我们都只有在书上看过，当灾难来到面前的时候，我才能真正体会。武汉发生疫情之后全国各地的医务人员、志愿者、各行各业的人给予武汉的支持都非常让我感动。

你们医务工作者从全国不同的地方来。有的很小，年纪都很小的，18岁、19岁。自己都还是个孩子。我在“抖音”上看到一句话，让我很感动。“抖音”里有一个小女孩儿，应该是19岁。记者采访时对她说，你这个年龄还是个孩子。女孩说，当我穿上防护服，我就不再是个孩子了。这句话让我触动很深。所以我想对所有四面八方来支援武汉的你们、所有人表示感谢。

秦佳文：李警官，请问您有孩子吗？

李警官:有的，现在7岁，在家里，跟他爷爷奶奶在一起。因为我的爱人也在公安局工作，她也在我们当地一线工作，所以小孩就照顾不到，只能由老人帮忙照顾。

秦佳文：那你们家在这次疫情中做了很大的付出啊！

李警官：应该的，你想你们都能从那么远跑过来支援我们，帮助我们，我们更加没有理由退缩，更加应该付出自己的全部。

秦佳文：您来方舱（医院）这段时间，有没有什么事情让您觉得做起来是有些困难的吗？

李警官：那还是刚到方舱来的时候，应该是叫隔行如隔山吧，虽然我们很努力，我们也想为这里的整体工作尽好自己的职责。出于专业的问题，在进舱出舱的时候，防护装备的事情，我们还是欠缺这方面的知识，所以刚开始工作时遇到了这方面的困难。真正进舱之后，感觉各方面还行。

秦佳文：那您觉得自己身体上还吃得消吗？

李警官：身体还行，干我们这行也习惯了吧！因为我是干刑侦这一行，以前工作量也比较大，经常熬夜、守点。守点的时候，除了没有防护服，其他都是一样的，不能喝，不能上厕所，所以也习惯了。

我们 B 舱有一个民警——张锦星，一个 1998 年出生的小女孩儿，参加工作不到一年，现在也在方舱医院值班。其实在这之前，世界军人运动会在武汉召开，在我们辖区也有分会场。我们是大战 100 天，100 天取消所有的休假和休息，100 天都没有休息，直到 11 月底结束。现在疫情又来了，她都没有停下来休息过。

秦佳文：这么说来，你们就没停下来过，真的很辛苦，一定要注意休息，调理调理。李警官，在咱们采访的最后，您自己有什么想说的吗?

李警官：首先，我想对不管是武汉本地的医务人员，还是从全国各地赶来支援武汉的医务人员，千言万语我也只能说一句，你们辛苦了！谢谢你们！然后想对患者说，要对祖国有信心，要对政府有信心，要对自己有信心！

那一刻，你让我觉得这份工作意义非凡

受访者情况：张锦星，武汉客厅方舱医院值班民警，1998年出生，参加工作不满一年。

受访时间：2020 年 3 月 6 日

秦佳文：您好，我是上海市东方医院的护士秦佳文。现在社会上对新型冠状病毒肺炎的疫情都比较关注，特别是对我们的工作人员关注度都比较高，所以我们想来采访一下您在这段工作期间的感受可以吗？我听说您刚参加工作不到一年，我想您和其他人感受可能还不太一样吧！

张锦星：其实我进舱的时候，害怕的倒不是病毒，我觉得防护做好了应该都还好。我主要是不熟悉里面的工作，不知道自己能不能胜任。第一天进舱的时候，我主要是熟悉场内的操作流程，和我的搭档刘晨沟通双方的情况，与上一班的民警做好交接工作（刘晨：对，我们是星晨组合！）。然后真正开展工作后，觉得一切还好，还是比较顺利的。

秦佳文：嗯！我能理解，您这个情况就有点像我们临床科室轮转那样，从一个科室刚刚转到另一个科室的时候，有可能就不知道自己能干嘛，能不能做好这事？

张锦星：是的！不过我还好，因为之前我是户籍室的户籍民警，本来就是和人打交道的，而方舱（医院）里面的氛围还是很不错的，很多患者还是很积极地配合治疗。其实我觉得舱内的工作和我们社区工作也比较像，主要也是群众求助啊，帮助一些医护人员做一些事情啊，主要还是这一类的事情，也相当于一个小型的社区，对吧！所以我觉得这里整体还是很和谐的。

秦佳文：我看你们主要是解决一些围绕医疗工作开展方面的问题，比如说（有患者抱怨）CT检查太慢了之类的事情，对吗？

张锦星：是的，我们主要是负责维护舱内的秩序问题，让医务人员安心做专业的事情，其他的我们能够解决的就尽力解决了。

秦佳文：您是疫情一发生就在这边的吗？

张锦星：我是在基层所里的，负责“收口子”的，我们每天都要下社区，另外我还是内勤，所以上午还要负责一些数据上的整合升级，做一些报表的统计以及单位各种事迹的宣传等工作。

秦佳文：那您每天的事情都很多，感觉从早到晚都没怎么休息啊，还吃得消吗？

张锦星：还好！这段时间真的是挺忙的，基本上没怎么睡觉，有的时候确实想好好地睡一觉。不过看着舱里的老百姓一天天地好起来，感觉还是蛮欣慰的。

秦佳文：是的，从疫情开始说没问题，到后来微博上的各种求助信息，再到一家家医院慢慢地开起来，从您的角度上，对疫情有些什么看法？

张锦星：刚开始的时候对这个病并不是很了解，还是会有些担心。对一些未知的事情还是会有些害怕的。但是作为警察，很多职责、很多担当都是我们必须承担的，所以这个时候我们是不可能退下一线的，必须在医院战斗。而最后对这个事情了解得越多，担心和害怕就会越来越少。只要防护做好了，也是隔绝了很多对自己的危险。所以现在我们把防护做好，然后该做的工作还是想努力（做得）更好，服务更好。

秦佳文：这次疫情是一次长期的斗争，您对这个有担心吗？

张锦星：这方面的担心倒没有，我希望舱内的群众能快点好起来，疫情赶紧结束，倒不是说我们工作有多累，而是看到很多群众还是很揪心的。就像有的家庭本来是和和美美的，结果二十多天过去，家里面的几个人走了……所以我们能帮上一点算一点。

秦佳文：您来方舱（医院）这段时间，有没有什么事情让您印象深刻？

张锦星：我们A区677床的患者，是一位聋哑人。有时候，我当班帮医务人员发饭的时候，我都是单独先把饭给他递过去的，主要是看他不是很方便，后那个老爹爹和我们熟了，我就会打手势，问问他这几天怎么样啊？有没有什么事啊？我们上一个班那天中午给他发完饭了，他就到中间，拉着我们要教我们打哑语，拍了一个鼓劲的视频，他很认真，拍了挺多次，然后发到患者群里面。后来我问他这几天怎么样啊，有没有什么事儿？他就一直表示感谢啊，我很感动！后来听志愿者说，爹爹都没怎么吃饭，看见我在发饭，就一直拿手机跟着拍我工作的视频，然后还发到他们患者群里面呢，这让我觉得我的工作真的很有意义！

只要你需要，我一直都在

受访者情况：刘晨，武汉客厅方舱医院值班民警。

受访时间：2020 年 3 月 6 日

秦佳文：您好，我是上海市东方医院的护士秦佳文。今天我们想请您介绍一下武汉这次疫情来临后，您所经历的事情和感受行吗？

刘晨：好的。这个疫情——新型冠状病毒肺炎来得非常突然，我们正在准备迎接春节的喜庆当中，它就突然暴发了。我们做公安这块儿，接到通知全体人员没有假期、没有休息，然后 24 小时待命。后来都是根据疫情的情况，设置了好多隔离点，酒店、宾馆，最后咱们东西湖这边也建立了一个方舱医院，我们就一直在抽调警力，保证在各个医院、各个隔离点都有警力部署。

我们最早是根据个人意愿自愿报名，再经过自己家里人同意之后，才能进到方舱医院，这里就相当于社区警务室。第一批就是按照上海华山医院的张文宏医生说的，必须党员先上。虽然有很多人没能被选进来入舱，但我们积极分子非常多，写请战书的人特别多，但第一批还是党员“优先”进舱。

秦佳文：其实作为公安民警，你们对防护的知识肯定没有那么的专业，那你们来的时候有没有担心呢？

刘晨：从专业的角度来说，我们做的话肯定是没有你们医护人员专业，但是其一我们身为警务人员，再者我们是本地人，这也算是一次家乡保卫战。就像我跟我老婆说的，有的事情必须得让人去做的，你不做我不做，这个事情就没人做，那肯定不行的。所以说，我就说这些事情吧，不会，我们可以去学。我们进舱出舱，有很多人——我们本地的医护人员也好，各个省份过来支援的医护人员也好，都会非常耐心地教我们。

秦佳文：您进舱的时候会有些紧张吗？

刘晨：紧张还好，因为我进舱前一直是在方舱医院门口机动队值勤的，有什么紧急情况，我们会穿戴一些基本防护措施，处理完事情后再出去，不会长待。这次申请进来也没有太多的紧张，因为我是从部队回来的，对于这些东西也还好。

秦佳文：其实您这种感受应该和我们医务人员一样，就是那种使命感和责任感取代了恐惧感。刚来的时候您没有面对过，可能会紧张，但真正进舱了，就觉得这些都是患者，就没什么了。

刘晨：是的，其实我们进舱面对病毒就相当于我们公安去面对那些穷凶极恶的犯罪嫌疑人是一样的，你明知道他有刀，甚至有枪，但是你还得上，因为你不去做这个事情的话，他可能会伤及更多的人。所以，你如果问我有没有很多恐惧的话，我只能跟你说我真的没有那么多的恐惧。

秦佳文：那您觉得这工作和您平时处理的一些工作有什么区别吗？

刘晨：这个我觉得还是有很大区别的。因为咱们这个舱里面，第一都是病人；第二都是老百姓，他们不是那些违法行为人，他们可能（有时会）犯点小错，但是构不成追责，我们只能笑脸迎对，不能强制执行。所以开展工作的性质这一块肯定不一样了。还有一个就是，我感觉我们进来之后，希望能用到我们的地方，我们还是很乐意帮忙的。医疗的话肯定是你们医护人员懂得比较多一点，但是做为我们警务人员来说，我们更多的就是维持下秩序，做一些生活方面的关照。

我们刚进舱的时候，就说舱里面只有三种人，患者、医务人员和我们警务人员，然后我们警务人员就是除了医护人员的事情不做，其他任何事情我们能干的必须得干。

秦佳文：其实我觉得你们在舱里面，起到了稳定人心的作用，因为你们是一个身份的象征，你们在，大家都会觉得比较放心。

刘晨：是的，我觉得我们在舱里还是有必要的，第一就是您说的，因为它是一个身份的象征；第二，我们是本地人。大部分医护人员都是从外省支援过来的，但是对于本地有些老爹爹婆婆，可能不太好沟通，有时候我们本地人说的话，他们可能会好一点，有什么事情的话，我们在里面搭个桥，沟通一下也方便。所以我觉得我们进舱的必要性还是有的。

秦佳文：那是很有必要的。另外我想问问，就是您在这儿工作这么长时间，从 2 月份就开始了，可能有患者会告诉你们他一家几口在这次疫情里都没了……在方舱这么长的一段时间里，有什么让您特别感触的事情吗？

刘晨：这个肯定是有的，大大小小都有。我们都进来这么长时间了，首先从患者的角度去看，有很多患者可能是亲人走了，别说连最后一面都看不上，很可能就是连尸体都看不到，但是他们也无能为力。我们刚进来的前几天，2 月 25 日的时候，咱们舱就有一个婆婆，她的儿子也在里面，他老伴儿在另外一个地方，可能因为两天没有联系，但是传过来的消息就是她老伴已经走了，然后那个婆婆就哭得很伤心。当时一位医护人员和她聊了老半天，后来我们的小师妹也上去跟她聊了好半天。最后虽然说那个婆婆的情绪是稳定下来了，但是作为一个旁观者，去看这个事情，怎么说呢？我们只能说，虽然我们总说人间有情，可是这个病毒它真的很无情。面对这些生离死别，我们也无能为力，更多的就是做一个倾听者，给他们引导，让他们把不开心的、伤心的事情说出来，心情会好一些。

秦佳文：是的，有的时候就是需要一个倾听者，您来听他说话，他会感觉好很多。

刘晨：当然这个倾诉者也不是随随便便就能当的，如果他看你不顺眼了，那也不行，这是要建立在信任上的。刚刚说的是比较大的触动，还有些小的事情吧！我们舱里面有一个九岁的小男孩儿。他跟他妈妈在里面，他的情况可能不是很乐观，但他妈妈已经好转了，原本他妈妈可以出院了，但是担心小孩子一个人在舱里没人照顾，所以他妈妈就在舱里陪着。其实这个小孩子的病虽然没有很明显的症状，但确实让人心里慌。我们有时候就会跟他聊聊天，带着他玩玩，也算是开导开导他吧。然后在条件允许的情况下，我们来交班的时候也会给他带一些小零食，就是牛奶呀、水果呀。他在舱里吃大锅饭，可能有点不合胃口吧，因为小孩子长身体。

还有就是温馨感，咱们舱里的医护人员，有好几个省的，我就不一一报他们的名字了。他们在各个舱里，在早晨啊，或是晚上，组织一些活动，带着舱里的患者，做做早操、健身操，晚上一块儿跳跳舞，然后给患者群众做做爱心小礼品，举办知识竞猜活跃活跃气氛，让舱里一片和谐的景象。

第四章：妈妈加油，等你回来（医护家属篇）

我身后最坚强的后盾

妈妈，别担心我！
你放心，家里有我！
你保重，等你回来！
你平安回来，我承包一年家务！
我们也是凡人，
我们也会害怕，
支持我们逆行的，
除了医者担当的使命，
还有我们身后最坚强的后盾——家人。

妈妈加油，妈妈辛苦了

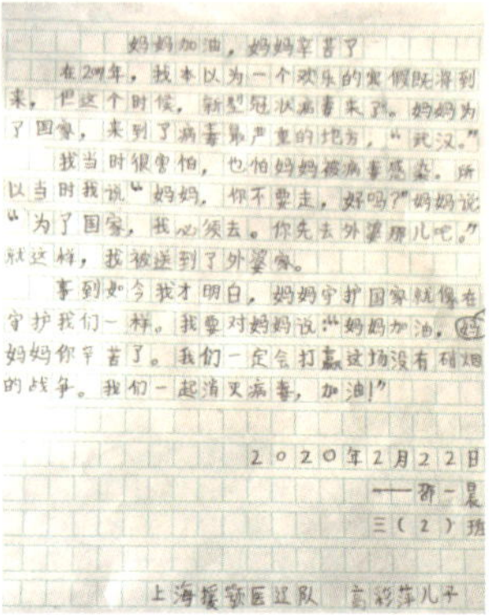

妈妈加油，妈妈辛苦了

在2019年，我本以为一个欢乐的寒假既将到来，但这个时候，新型冠状病毒来了。妈妈为了国家，来到了病毒最严重的地方，“武汉。”

我当时很害怕，也怕妈妈被病毒感染。所以当时我说“妈妈，你不要走，好吗？”妈妈说“为了国家，我必须去。你先去外婆那儿吧。”就这样，我被送到了外婆家。

事到如今我才明白，妈妈守护国家就像在守护我们一样。我要对妈妈说“妈妈加油，妈妈你辛苦了。我们一定会打赢这场没有硝烟的战争。我们一起消灭病毒，加油！”

2020年2月22日

——邵一晨

三（2）班

上海援鄂医疗队　高彩萍儿子

2019 年，我本以为一个欢乐的寒假即将到来，但这个时候，新型冠状病毒来了。妈妈为了国家，来到了病毒最严重的地方——“武汉”。

我当时很害怕，也怕妈妈被病毒感染。所以当时我说：“妈妈，你不要走，好吗？”妈妈说：“为了国家，我必须去。你先去外婆那儿吧。”就这样，我被送到了外婆家。

事到如今我才明白，妈妈守护国家就像在守护我们一样。我要对妈妈说：“妈妈加油，妈妈你辛苦了。我们一定会打赢这场没有硝烟的战争。我们一起消灭病毒，加油！”

同济大学附属东方医院驰援武汉国家紧急医学救援队队员高彩萍之子

邵一晨

写于 2020 年 2 月 22 日

爱

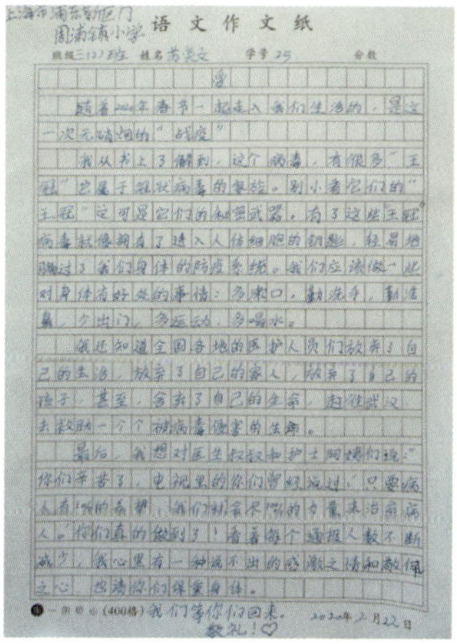

随着2020年春节一起走入我们生活的，是这一次无硝烟的战“疫”。

我从书上了解到，这个病毒，有很多“王冠”，它属于冠状病毒家族。别小看它们的“王冠”，这可是它们的秘密武器。有了这些“王冠”，病毒就像拥有了进入人体细胞的钥匙，轻易地骗过了我们身体的防御系统。我们应该做一些对身体有好处的事情：多漱口、勤洗手、勤洗鼻、少出门、多运动、多喝水。

我还知道全国各地的医护人员们放弃了自己的生活，放弃了自己的家人，放弃了自己的孩子，甚至，舍弃了自己的生命，赶往武汉，去救助一个个被病毒侵害的生命。

最后，我想对医生叔叔和护士阿姨们说：“你们辛苦了，电视里的你们曾经说过：‘只要病人有1%的希望，我们就会尽100%的力量来治愈病人。’你们真的做到了！”看着每天通报确诊人数不断减少，我心里有一种说不出的感激之情和敬佩之心，也请你们保重身体。我们等你们回来。

敬礼！♥

同济大学附属东方医院驰援武汉国家紧急医学救援队队员高彩萍之子

邵一晨的同学　苏奕文写于2020年2月22日

妈妈，别担心，我在家很好

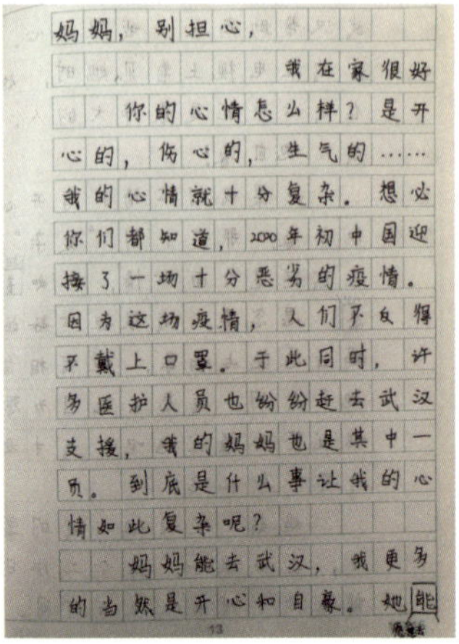

妈妈，别担心，

我在家很好

你的心情怎么样？是开心的，伤心的，生气的……

我的心情就十分复杂。想必你们都知道，2020年初中国迎接了一场十分恶劣的疫情。因为这场疫情，人们不得不戴上口罩。于此同时，许多医护人员也纷纷赶去武汉支援，我的妈妈也是其中一员。到底是什么事让我的心情如此复杂呢？

妈妈能去武汉，我更多的当然是开心和自豪。她能

你的心情怎么样？是开心的？伤心的？生气的？我的心情就十分复杂。想必你们都知道，2020 年初中国迎来了一场十分恶劣的疫情。因为这场疫情，人们不得不戴上口罩，与此同时，许多医护人员也纷纷赶去武汉支援，我的妈妈也是其中一员。到底是什么事让我心情如此复杂呢？

妈妈能去武汉，我更多的当然是开心和自豪。她能愿意去武汉帮助病人，我很开心。当我在电视上看见她时，她在我心中就是最伟大的人。我为她自豪！

如果我的心情只有开心和自豪，那可不叫“复杂”。当然还有负面情绪，比如担心、着急、思念等。我很担心妈妈会感染病毒，但我相信她不会。我怎么能因为想她就整天骚扰她呢？我才没有那么自私呢！

妈妈一定担心我的学习，其实很好，每个工作日都有半小时的天天云时间，老师会分享一些疫情小知识，半小时后还有同学分享关于疫情的折纸，我很开心。

我想对在武汉的妈妈说：“妈妈，你不用担心。我会管理好自己的生活的！同时你也要保护好自己哦！”

同济大学附属东方医院驰援武汉国家紧急医学救援队队员何丽华之女

陶荟涵写于 2020 年 2 月 24 日

逆行者的光

经常被父辈们批评，现在的年轻人没吃过苦，没受过穷，蜜罐里长大的孩子，不懂担当，不懂奉献。一次抗击疫情，让国人惊觉，正是那些平时被父母宠爱、被幸福滋养的年轻人成了与瘟疫抗衡的脊梁。

——题记

每一束逆行者的光都是人间的希望。2020 年初，这场始料未及的新型冠状病毒肺炎疫情，让我度过了一个有史以来最揪心的庚子春节。疫情就是命令，防控就是责任，在这个特殊的时期，为了守护祖国人民的安危，你成了这群最美逆行者中的一员，你是丈夫，是父亲，更是子女。纵使我心里有千万个不愿意，但送到嘴边的话却是，你放心去吧！ 你义无反顾地放弃了与家人的团聚，承担起了社会责任，我为你感到自豪！

当有人抱怨被疫情隔断了回家的路、困在城里无法进出的时候，你却和其他 135 名“战友”义无反顾地扑向那最危险的地方。大疫当前，谁敢立马横刀，唯有你们，白衣战士，口罩之下别人不认识你，但他们都知道，你们是英雄。

还记得你打电话告诉我说，“我报名了，我们接到卫健委增援武汉的通知，我觉得我可以去”。就这么简单的几句话，旁人看来其实无关紧要，再平常不过了，可在我看来，这就像命令一样，随时待命，随时赶往武汉。果然，除夕，年夜饭还没吃到一半，当你手机铃声响起的时候，我的心就开始紧绷了。不出所料，通知赶往武汉支援，立即出发。送你去浦东疾控中心的路上，我没有说话，你也沉默不语，到了以后你说了句，“看来我们今晚就要出发了，你回去吧，路上注意安全！”

打开新闻，铺天盖地全是一条条关于“逆行者”的消息，每一条都会让我泪目，我心疼他们，更心疼你。当我看到你的脸颊被护目镜、口罩压得变形的时候，还故意逗你说，“你看你现在真丑”，其实我想说，我真的心疼你！

我知道生命很珍贵，每个人的生命都只有一次，我们都很珍惜。而这些“逆行者”，你们何尝不是呢？我感谢每一位“逆行者”，我对你们心存敬畏。你们付出了太多，冒着生命危险，因为你们的义无反顾，更为每个人增添了一份坚持下去的勇气。在至暗时刻，你们为人间带来了一束光！

同济大学附属东方医院驰援武汉国家紧急医学救援队队员许诗琨之妻

夏江临

写于 2020 年 2 月 21 日

姐姐，我们等你回来

小红吾姐：

见信好！

自年初一一别，已有近一个月，不知你在武汉是否一切安好。眼看要到你的生日了，此刻，你作为援鄂医疗队的一员，尚在千里之外，归期未定，想来是不能一起庆祝了，未免感到些许遗憾。但你此行，意义重大。新型冠状病毒肺炎疫情严峻，你能迎难而上，参与前线的救援工作，我们作为家人，虽然不免有担心，但是更多的是骄傲，是自豪。

自你远赴武汉之后，我们就没怎么好好说话、聊天了，一来是你那边工作任务紧张；二来我们也陆续回到工作岗位。工作休息时间与你往往错开，不敢联系你，唯恐影响你的工作或休息。从你在家族微信群里偶尔发来的疫情期间防护提醒，我们知道，你人虽在外，但是心系家中老小。不便打扰，我只能写下这封信，跟你说说后方的种种。

原本今年我们家会度过一个欢乐祥和的团圆年，你和姐夫带着女儿儿子，我带着我的新晋丈夫一起到爸妈家过年，一家八口人，一定是热闹非凡。但是疫情阻断了和和美美的团聚，阻断了一家人守在饭桌、电视前的欢笑。当医院发出支援武汉医疗队的成员需要回到医院随时待命的通知，你毅然放下手中的饭碗，简单收拾了一下行李，就让姐夫送你回上海。要知道，我们才到家不到二十四小时，甚至行李箱中的衣物还没有拿出来。年初一的中午，你是自己开着车回的上海，一刻都没有耽搁。姐夫坐在副驾驶随行，因为过年开心，中午他陪爸妈喝了两口酒，不能开车。好几个小时的路程，你一个人开，一到上海就去了医院报到。当时，我心想，你真的就像你女儿说得那样，外表柔弱，内心强大，小小的身体里有着大大的能量。

虽然爸妈是笑着送你离家的，但我想，他们当时应该还不了解疫情的严重性，只知道，作为医护人员的你，“若有战，召必回”，这是你身上那件白大褂的使命，不然他们不一定同意你去前线。但是，让我没有想到的是，在我跟他们解释清楚，并给他们看了电视网络上关于新型冠状病毒肺炎疫情的新闻，了解了疫情的严重性之后，他们居然也没有表示反对。爸说你是为了更多像我们一样的家庭能团圆在一起去努力了，我们作为医护人员的家属，一定要给你们足够的信任。如果我们都不相信你，何况那些身处重症室的患者，如果没有信任，他们怎么看到康复的希望。你们医护人员，是打赢这场没有硝烟的战“疫”的攻坚力量。对此，妈也表示赞成，她说，她会帮你看护好豆豆和潼潼，让你安心工作。我有一个当国家、组织、患者需要时，毅然决然地挺身而出，站在防控救援第一线的姐姐，还有朴实无华却深明大义的父母，我的内心无比骄傲，我很庆幸，与你们是一家人。

近日与爸妈视频聊天，他们会跟我讲述老家的情况：村子里每天广播防疫通知，附近的交通道口每天都有人值班检查，潼潼又长高了……当然，他们也经常会问起你，问起我们在上海的近况。最近他们学会看头条新闻了，经常戴着老花镜捧着手机查看疫情相关新闻。他们说，看到武汉又有医护人员倒在前线再也站不起来了，心里很是担心你。他们让我告诉你，家里一切都好，你在前线务必照顾好自己，我们等你平安回来！

这也是我想对你说的，你也是家中父母的宝贝，请在工作救人的同时，务必保重好自己，我们等你平安回来！我们工作的园区里，玉兰花静悄悄地绽放在枝头，洁净无瑕。想起去年这个时候，我们正带着豆豆和潼潼去世纪公园踏春。我联系了独自在家的豆豆，问了她的情况。她说，爸爸白天上班的时候，她就在家上网课，上午一节课，下午两节课，做作业，看看书，过得很充实。虽然很想你，但是知道你有重要的工作，她会照顾好自己的。春天已经来了，她会等你回来再带她和潼潼一起去世纪公园看花！听到这里，我很替你高兴，不知不觉，你的小公主已经长大了，看来，是你这个妈妈给她做了很好的榜样呢。

最近一个礼拜，我们关注全国疫情实时数据，各地确诊和疑似病例越来越少了，想来疫情结束指日可待了。我们在后方一切都好，居住的小区以及工作的园区，每天都会安排测量体温，每天也可以领到口罩。勤洗手，戴口罩，我们也一直记得你的嘱咐，请你放心。决战在即，也请你务必不要松懈，保护好自己，也就是保护好未来。

好像有说不完的话，等你胜利归来，等大家都不再需要戴口罩了，我们找个风和日丽的日子，坐在一起，慢慢话家常。我相信，这一天，不远了，等你。阳光就在一米之外！

同济大学附属东方医院驰援武汉国家紧急医学救援队队员蔡小红之妹

萍萍

写于 2020 年 2 月 22 日

武汉加油（画作）

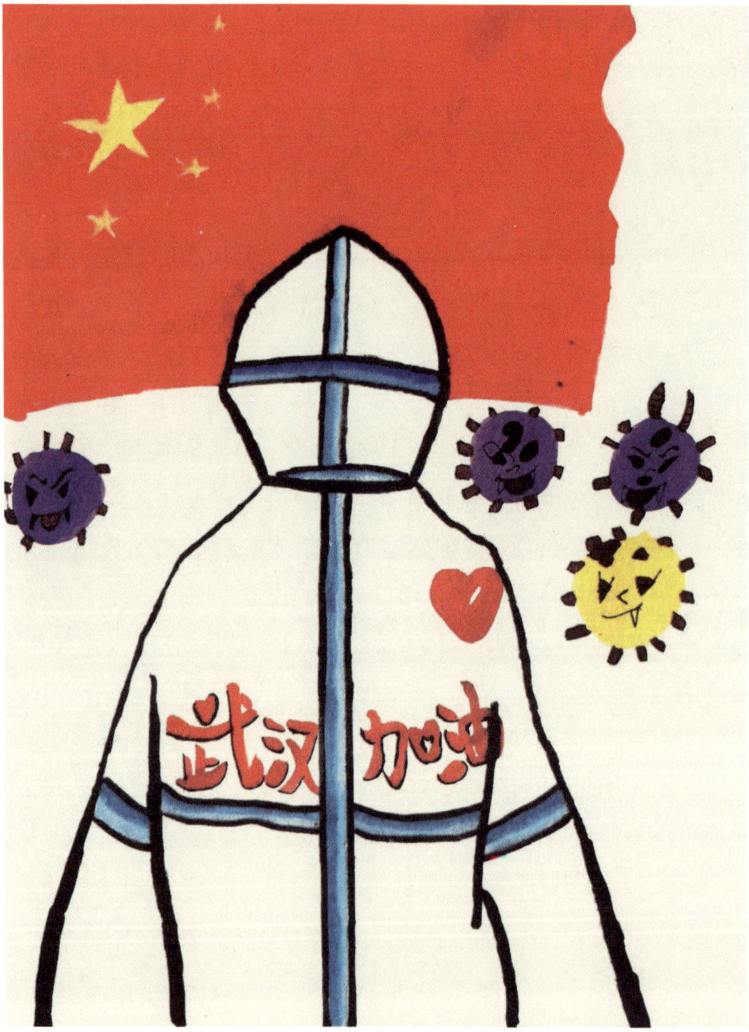

同济大学附属东方医院驰援武汉国家紧急医学救援队队员高彩萍之子
邵一晨的同学　鲁思妤　画于 2020 年 2 月 23 日

武汉加油！中国加油！（书法）

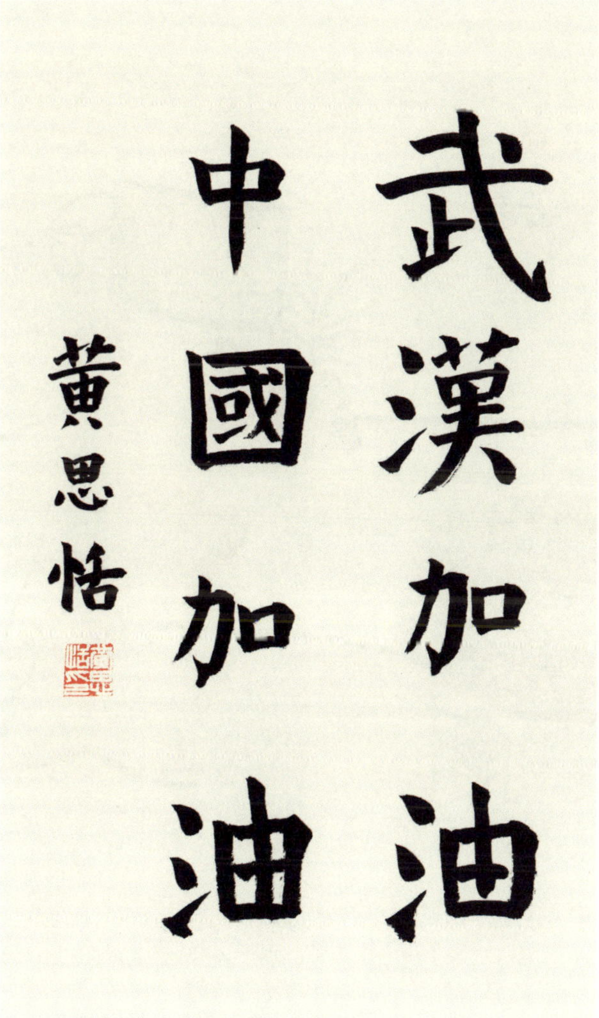

同济大学附属东方医院驰援武汉国家紧急医学救援队队员高彩萍之子

邵一晨的同学　黄思恬　写于 2020 年 2 月 23 日

最美逆行者（画作）

同济大学附属东方医院驰援武汉国家紧急医学救援队队员蔡小红之女
徐梓蓥　画于 2020 年 2 月 23 日

武汉不怕

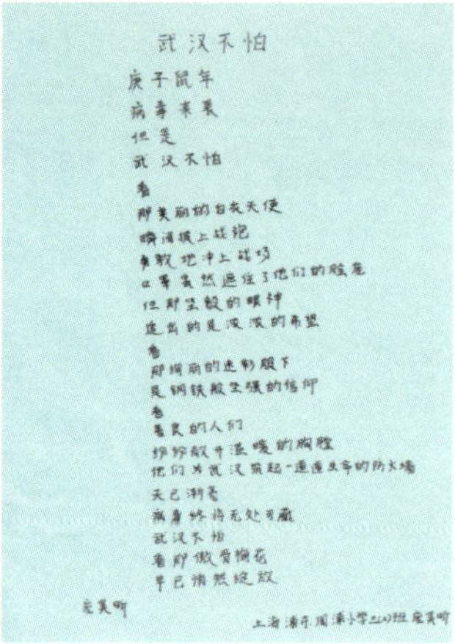

庚子鼠年
病毒来袭
但是
武汉不怕

看
那美丽的白衣天使
瞬间披上战袍
勇敢地冲上战场
口罩虽然遮住了他们的脸庞
但那坚毅的眼神
透出的是浓浓的希望

看
那绚丽的迷彩服下
是钢铁般坚强的信仰

看
善良的人们

纷纷敞开温暖的胸膛
他们为武汉筑起一道道生命的防火墙
天已渐亮
病毒终将无处可藏

武汉不怕
看那傲骨梅花
早已悄然绽放

同济大学附属东方医院驰援武汉国家紧急医学救援队队员高彩萍之子
邵一晨的同学　庞昊昕
写于 2020 年 2 月 26 日

第五章：
微光成炬，众志成城
（志愿者篇）

他　　志愿者

《麦田里的守望者》中有句话：
一个不成熟的理想主义者，
会为理想悲壮地死去。
在这场没有硝烟的战役中，
我有幸看到了成百成千的“不成熟的”
理想主义者。
他们散开是满天的星星，
驱逐黑暗，照亮前行的路；
他们聚集是冬日的火焰，
释放炽热，温暖冰封的心。

战疫——逆行者

庚子鼠年
一袭白衣
众逆行者
应了守护湖北的承诺
应了新冠肺炎的宣战
踏上这不知归期的战疫之路

你，剪去了齐腰的长发，承诺战胜疫情再谈婚嫁
你，放下了待哺的宝贝，噙着泪水向着黎明出发
你，留下了叮咛的家书，嘱咐妻儿照顾好这个家
你，隐瞒了除夕的出征，告诉长辈只是休个长假
……
我不知道出发时需要多大的勇气
但我知道此行是为了更好地战“疫”
我不知道应战时需要多厚的盔甲
但全国人都知道，最硬的龙鳞定能保护你、我、他

敬畏生命，是我们的初心
守护生命，是我们的衷心

战胜疾病，是我们的决心

待到阳春三月时
你我共聚樱花下

武汉客厅方舱医院 B 舱志愿者
上海市闵行区中医医院 急救医学科
刘小路
写于武汉客厅方舱医院
2020 年 2 月 18 日

一个抗疫志愿者的 26 天

我叫沈尹婧，是一名人类科学博士。留学归国后回到上海，做男孩培养、即兴戏剧和抗抑郁焦虑方面的研究工作。我在 1 月 24 日大年夜加入疫情线上志愿组织。本来以为花几天功夫，每天两小时，做些心理关怀方面的工作就差不多了。可是，随着武汉封城的持续，大量疑似患者约不到核酸检测、住不了院；上海的公共场所接连关闭，演出比赛临时取消；身边亲朋好友的出游计划也纷纷泡汤。在 31 日那天，世界卫生组织总干事谭德塞宣布，此次疫情为“全球性紧急公共卫生事件”。我感到事情没那么简单。这次疫情的影响力非同小可。

果然，第一天我就工作了十五六个小时，到今天已经连续 26 天，没有休息。我的第一份工作是关怀员，给患者和家属提供信息、车辆、医疗和心理协助。在我工作的第二天，遇到一名三十来岁的求助者。他的父亲被感染了，呼吸困难，情况有点严重，但医院没有床位，只能在家隔离。这个求助者很焦急，他告诉我说，医生让他父亲试试阿比多尔，这个药治疗流感效果很好。可他跑遍了武汉的药店，全部卖空。

大家可能知道，年初那几天疫情大暴发，武汉的物资相当匮乏，社区医疗站也没有药。这位求助者就在网上问我，能不能帮他一起找找哪里可以买到？我马上找到武汉当地的志愿者，让他们去周边搜寻，但跑了几个药店都没有。碰巧有一位重庆的志愿者看到我发出的信息，立马出了家门去找。她跑了四五家药房都没找到。后来她辗转通过朋友介绍，在朋友的朋友开的药房的库房里找到最后五盒药。药房的医师告诉我们说，阿比多尔这类药都统一支援武汉前线的医院了，外面的药房都没得卖，你们的运气真是好。

这位重庆的志愿者立马把最后几盒药都买了下来，找快递来送。可是这大过年的，很多快递员都回家了，就算还营业，也不送武汉。最后也是凭着执着找到一家还在工作的快递公司，而且他们答应送到武汉。最终在患者家里的存药吃完之前，将这五盒药送到了他的手中。后来这位求助者告诉我，他父亲恢复得不错。

从 1 月 24 日到 2 月 8 日元宵节，那 16 天是最艰苦的。关怀员的队伍不断壮大，达到 130 多人的规模。我也从一线服务人员转为团队管理的角色。2 月初，东西湖武汉客厅方舱医院开始接收患者。“社工共振”的发起人、武汉大学的郁老师邀请我管理方舱医院的志愿者工作。服务对象和环境变了，之前的工作方式都得变。

我们遇到的第一个挑战，是和在地人员的联系。舱内的医疗团队有好几支，来自全国不同的省市，各自负责不同的区域。即使同一个区域，每天也有不同的医疗队换班接管。这给我们线上线下团队沟通带来很大的挑战。在上海市东方医院高护士长的帮助下，我们链接到更多的医护人员，工作也渐渐开展起来。没几天，我们的病友群就进了 200 多名患者。在医务人员的协助下，我们还发布了《入舱指南》和《舱内生活指南》。

我们遇到的第二个挑战，是没有舱内的志愿者接应。到哪儿去找志愿者呢？医疗团队忙得没时间上厕所，保洁和保安进舱不能带手机，外来人员根本不允许进舱。谁来帮我们安抚患者、提供帮助呢？其实最合适的人选就是患者自己。

举个例子，武汉客厅方舱医院的B舱可容纳419个床位。床位的分布错综复杂，各种生活设施的地点也不清楚，给新入舱的患者带来诸多不便。我们急需给大家提供一张地图。可是问了一圈，医务救援队、后勤、院办都没有这个图。怎么办？我找到舱内的一位热心病友，他开着视频，带我把整个舱转了一遍。原来舱内分为A和B两个区域，每个区域分六七个小区域，对应的床位个数都不同。北门是唯一的患者进出口，厕所和盥洗室都在门外。将食品站、血压仪、读书角、垃圾站、警察亭的位置都一一搞清楚后，在几位病友的协助下，我画了B舱的平面草图，跟他们核对无误后，将最终版本放进了《入舱指南》。

再后来，我们在热心积极的患者中挑选出14位卫生组长和6位分饭组长，协助医护人员一起维持舱内的秩序，提高病友在舱内的生活体验。我们发现很多患者都乐于助人。一名患者在群里说“插线板没电”，几秒钟后就有人在群里回复“我有充电宝，上我这儿来”。这种氛围对患者的心理起到积极的作用，助人者看到自己的价值，被助者得到安全感。情绪平稳了，身体恢复也快。

回头看这一个月，我的这份突如其来的志愿者工作没有收入，也没有绩效考核，但我的投入程度完全不输给任何一份全职工作。为什么呢？因为加入时填的那份志愿者书面宣誓吗？这可能是一部分原因，但更主要的原因，是那份责任心和跨越时空的使命感。疫情当前，物资、人力、交通、管理、信息等各个方面都是挑战。如果我妥协了，重庆那位志愿者放弃了，快递公司两手一摊不干了，那么这几盒药就不可能在三天后送到患者手上。责任心很重要，特别是在这个特殊时期。感谢每一位医护人员、社工、咨询师、地勤人员、社会志愿者以及舱内的病友志愿者，在这个特殊时期为武汉、为中国、为世界站好岗。感恩这份责任、感恩这厚重的爱！

武汉客厅方舱医院 B 舱志愿团队负责人
沈尹婧
写于 2020 年 2 月 18 日

微光成炬：愿以微光，共筑希望

2020年初，新型冠状病毒肺炎在武汉暴发，全国人民众志成城，抗击疫情，一场守卫生命的保卫战拉开帷幕。在这场保卫战中，有“白衣战士”逆行而上，不惧危难；有人民警察坚守岗位，保护群众安全；有社区工作者奔波忙碌，在社区构筑抗疫防控的有效防线。

而我们远在上海，却只能待在家里进行自我隔离，每日刷新着最新实时疫情地图，替武汉疫情忧心忡忡，但却不知能为抗疫做些什么。终于，2月11日，我们上海睿家社工服务社理事长、复旦大学社工系主任赵芳教授与睿家工作团队进行了一次微信语音电话，电话里她带来了一则消息：武汉“社工共振”团队正在招募线上志愿者，组织社工志愿者、心理志愿者、医务志愿者进入病友群为病友提供线上支援。听到这则消息的睿家立刻报名，加入了“社工共振”的团队，希望在线上为方舱医院内的病友们提供支持，尽绵薄之力。

进入方舱医院病友群的第一天，虽然对舱内情况和病友病情不了解，但我们还是小心翼翼地回应着病友提出的每一个问题，及时解答病友的疑惑，收集他们反馈的问题，及时与在地的工作团队进行沟通、跟进，并将跟进结果及时反馈给病友。面对有较大情绪变化的病友，及时与病友微信或电话联系进行心理危机干预，积极倾听、共情和陪伴。一天结束后，团队的志愿者们围绕一天的线上志愿服务内容进行复盘、优化，以便第二天更好地回应病友需求，让方舱医院内的病友们能够感觉到有支持、有陪伴。

进入方舱医院病友群的若干天后，对舱内情况、对病友的大体情况有了一些了解，病友们也对我们这些来自五湖四海的线上志愿团队多了些信任。除了回应病友的问题外，病友们也主动愿意分享他们在方舱医院内的生活：早晨的广播体操、中午丰盛的午餐、晚上的广场舞抑或是哪位医护人员的一曲高歌。

在方舱医院病友群做线上志愿者，有比较困难的时候，也有激动的时刻。困难的时刻是当患者提出个性化的需求比如鸡汤、理发推子等，因武汉物资相对匮乏，只能在现有的条件下优先保障病友们的生存性需求而对他们委婉表示拒绝时。激动的时刻也是非常多：患者提出全家都在方舱医院，仅有一个未成年孩子刚做完 CT，如果确诊不知是否可以转至相同方舱医院，社工辗转联系在地工作者获取准确信息并反馈给患者，最终全家顺利在同一舱内“团聚”；当病友们从只在群内提问题逐渐转变为协同志愿者一起去寻求问题解决的方法；协助工作人员清洗地面、进行消毒，发放餐食，维护环境整洁，反馈其他病友的需求的时刻；当病友在群内点一曲《汉阳门花园》，共同聆听这首包含武汉记忆歌曲的时刻。

虽然我只是一名线上社工志愿者，但能感觉到我们一直与方舱内的患者同在，我们为他们的病情而担忧，为他们在舱内的歌舞而欢呼，为他们的出舱而欢喜。虽从未去过武汉，但这次的线上志愿者的经历，让我们与武汉有了一丝牵绊。待到疫情过去，春暖花开时，一定去一次武汉，感受一次樱花缤纷，走一走汉阳门。

武汉客厅方舱医院线上社工，上海志愿者
孙　瑜
写于 2020 年 2 月 25 日

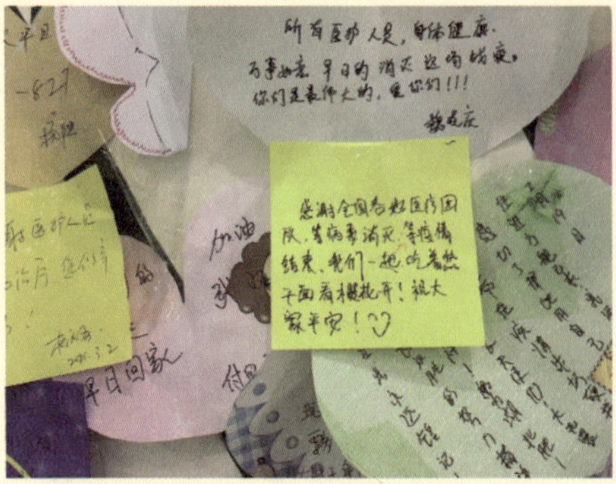
所有医护人员，身体健康。
万事如意，早日的消灭这场瘟疫。
你们是最伟大的，爱你们！！！
感谢全国各地医疗团队，等病毒消灭，等疫情结束，我们一起吃着热干面看樱花开！祝大家平安！
加油
早日回家

福建队
武汉
我们与你在一起

A东-2

5 直击现场

镜头里的方舱记忆

一切只为了更好的遇见

2020年伊始，武汉新型冠状病毒肺炎疫情暴发，牵动着亿万人的心。作为东西湖武汉客厅方舱医院的一名线上志愿者，很荣幸能有此机会为武汉同胞以及医护人员们尽点绵薄之力。在灾难面前，需要的是每一份微小力量的聚集，在距离武汉400多千米的地方，我并不想做个旁观者，仅以这次的志愿参与向奋战在抗疫一线的医护人员们表达我最诚挚的敬意。

回想疫情开始至今，无数令我痛心与感动的时刻在脑海中浮现，最令我为之动容的是看到《人民日报》播出的一则视频："武昌医院院长刘智明感染新冠肺炎殉职，护士妻子痛哭送别。"车子里面的院长再也听不到妻子的声音，而妻子痛心欲绝的哭声让我们每一个人也为之痛心。我们不是当事人，也许我们在家中只要不出门，这场疫情似乎并不会给我们带来多少伤害，无非是一段时间的停工停学。而那些被病毒感染的同胞们，那些冒着生命危险救人的医护人员，这对他们来说就是一场战争啊！我们的岁月静好，一定是有人在替我们负重前行！美国著名外交家、前国务卿基辛格曾在《论中国》中说道："中国人总是被他们之中最勇敢的人保护得很好。"谢谢你们，勇敢可爱的医护人员们！

相信众志成城一定可以攻克难关，白衣天使们，你们辛苦了！等到武汉这座城市的“病”好了，你们就可以脱下防护服，摘下护目镜，扔掉口罩，轻松地当父母疼爱的子女，开心地逛街，吃着喜欢的东西，舒舒服服地睡个觉，清晨的阳光照进房间，你们是最美丽的人！只为了更好遇见，才赠予了距离和时间，那一天，值得等待，那一眼，满载星海！

武汉客厅方舱医院安徽省志愿者

陈香蓉

写于 2020 年 2 月 24 日

我，这场战役中的一粒微尘

也许，我们每个人的力量是渺小的，我们注定是一粒微尘，但是13亿微尘凝聚在一起，13亿颗善心凝聚在一起，就会创造一个又一个奇迹。这是2008年给予我们每一个中国人的荣誉与肯定。2008年时还在读书不能为祖国添一份薄力，只能在2011、2012年去四川绵阳支教，教孩子们跆拳道锻炼身体，却也有很多的遗憾。

如今2020年，武汉现重大疫情，并迅速辐射全国，这是悲伤又沉重的病痛。作为一名党员，不能去现场支援，每天都很焦急，最美的人都在前线支援，钟南山老先生亲自上阵，敬佩与信心更加激发了我的信念，一定要添一份力量。偶然看到社区门卫大叔们每天轮岗12小时，内蒙古的天气又寒冷，主动请缨作为志愿者在小区站岗。门卫大叔们认真负责，每一个进出小区人都要量体温、作登记，态度又特别亲和，从没听到他们一句抱怨，他们才是最辛苦的人。看到他们我真的自豪，中国可亲可敬的人就在身边啊。

偶然间看到志愿者群里“社工共振”在招募志愿者的消息，果断报名。这是我第一次接触线上社工工作，在懵懵懂懂中学习线上志愿模式，这里有让我敬佩的组长裴大凤和在武汉现场的社工志愿者、工作非常忙碌的医生、专业的心理老师，加上我们这些群助理，每天都关注着病友群，看着方舱医院里的患者进群后，有病痛的焦虑、有家人分离的思念、也有要学习的孩童，但是大家在群里、在舱里凝聚在一起，共同等待着希望，等待着那句话——疫情彻底结束。我们坚信，这一天很快会到来。我们也在等待，所有患者健康安全回家，回到各自岗位，回到平和喜乐的生活中。我们互不相识，很多都没打过照面，但是在以后的回忆中，都将是凝聚的信念与共同拼战的期待。

我是这场战役中的一粒微尘，但是全中国微尘在一起，就是伟大的力量。为祖国骄傲，为自己是一名中国人而骄傲。

今生无悔入华夏，来世还做中国人。

武汉客厅方舱医院内蒙古自治区包头市志愿者

高雪萍

写于 2020 年 2 月 25 日

直击现场

镜头里的方舱记忆

6

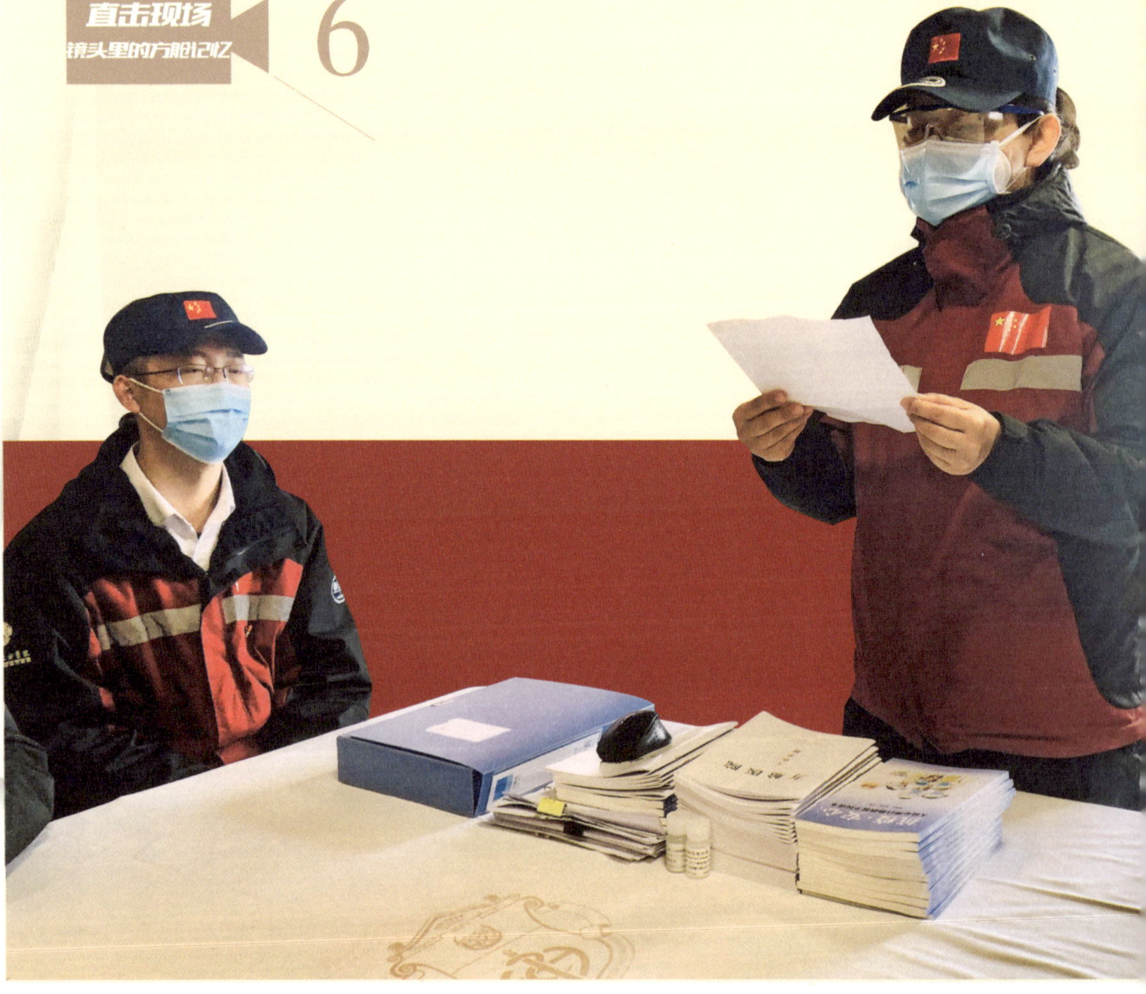

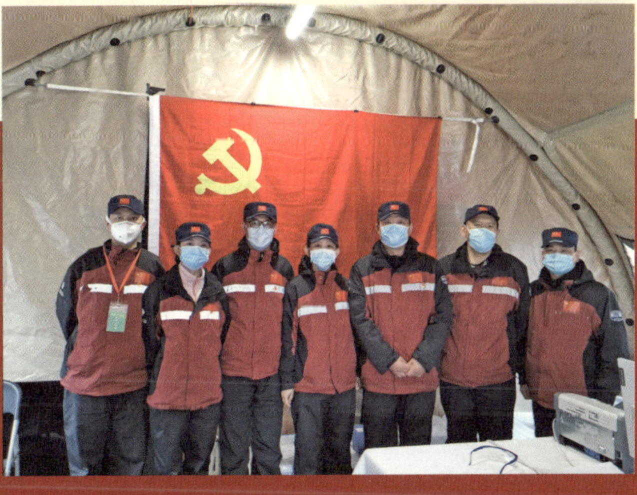

李昕医生火线入党

后记：谨以《方舱记忆》献给伟大的祖国

2020年3月8日，武汉客厅方舱医院休舱。3月10日，武昌方舱医院休舱，武汉市所有方舱医院休舱！从开舱到休舱，35天，武汉的方舱医院共开放床位1.3万余张，收治轻症患者1.2万多名；来自全国的94支医疗队，8000多名医护人员援助方舱……

武汉新型冠状病毒肺炎疫情暴发以后，无论是亲身经历还是耳濡目染，无论身处疫区还是远在他乡，每个人的心都被疫情牢牢牵动着。毋庸置疑，这是一场与疫魔的极限竞速，起跑即冲刺，开战即决战。从“紧急抢建”到“休舱谢幕”，从“一床难求”到“胜利休舱”，“方舱医院”在这次突如其来的疫情战役中，用最快的速度、最高的效率、最小的社会成本，达到“应收尽收”，这是武汉保卫战的一个重要成果，也成为世界医疗史上的一次创举。

“生命之舱，风雨同舟”。回顾方舱医院从建设到运行再到休舱，多少个日日夜夜的拼搏，多少泪水与汗水的坚守，在灾难面前，各地援鄂医疗队员坚守所在的方舱医院，与时间赛跑，与病魔较量，打造了这一艘艘“生命之舱”。他们冒着病毒肆虐给生命带来的威胁，用耐心、细心、信心温暖患者，让患者从紧张、担心、焦虑，到平和、自信、阳光。相信经历过这场恶战的患者、医务人员和志愿者都会非常自豪，因为这不仅是一场单纯的抗“疫”之战，更是医患携手彼此信任、彼此扶持、彼此鼓励，携手敬畏生命、守望相助、并肩作战的日子。

世上万物皆有尽，唯有精神永留存。我们东方医院国家紧急医学救援队工作的武汉客厅方舱医院，作为在这次疫情中投入使用规模最大的方舱医院，如今已经完成了历史的使命，终将成为我们永恒的记忆。我们希望通过《方舱记忆》里的一张张照片、一份份手稿，记录下一颗颗火热的心、一段段难忘的回忆，让大家看到，在这场战役中，医护人员不仅给予专业的医学看护，更送上一份心理安抚；让大家看到，在这场战役中，患者坚强乐观勇敢地抗击病毒，相互慰藉、开解、鼓劲；让大家看到，在这场战役中，志愿者们无私付出，守望相助，闪耀出万众一心的光辉……这些，无疑是驱除病魔最最好的“特效药”！方舱医院的胜利，是中国社会的一个缩影，是中国精神的一个见证！

总有一些人，永远铭记；总有一些事，永生难忘。“生命之舱”，永远航行；“武汉之舟”，牢不可破；抗“疫”事业，必将胜利！中国之梦，终将梦圆！！！

附录：武汉客厅方舱医院大事记

2020年2月5日 同济大学附属东方医院国家紧急医学救援队展开25顶帐篷移动医院，成为武汉客厅方舱医院的整体功能组成部分。

2020年2月7日 武汉客厅方舱医院A厅开舱，开始收治第一批新型冠状病毒肺炎患者。

2020年2月9日 武汉客厅方舱医院B厅、C厅开舱，至此武汉客厅方舱医院总床位达1461张，为武汉市规模最大的方舱医院，高峰时期在舱患者1434人。

2020年2月17日 武汉客厅方舱医院第一名新型冠状病毒肺炎患者治愈出院。

2020年3月1日 武汉客厅方舱医院132名新型冠状病毒肺炎患者治愈出院，是该方舱医院新型冠状病毒肺炎治愈患者出院人数最多的一天。下午，C厅患者合并至B厅共同管理。

2020年3月6日 A厅患者合并至B厅共同管理。

2020年3月7日 下午，武汉客厅方舱医院患者清零。当日共有25名患者治愈出院，59名患者转到雷神山医院。

2020年3月8日 中午12点，武汉客厅方舱医院正式休舱，方舱医院累计收治患者1760名。